LE MIEL ET L'AMERTUME

TAHAR BEN JELLOUN
de l'Académie Goncourt

LE MIEL ET L'AMERTUME

roman

nrf

GALLIMARD

Il a été tiré de l'édition originale de cet ouvrage
trente exemplaires sur vélin rivoli
des papeteries Arjowiggins numérotés de 1 *à* 30.

La citation pages 117-118 est extraite du Livre des Exemples *d'Ibn Khaldûn,* Muqaddima, *seconde section, premier volume (traduction d'Abdesselam Cheddadi, « La Pléiade », tome I, 2002, page 411).*

À mon frère Abdelaziz, qui a tant aimé la vie et que la vie n'a pas assez aimé.

1

MOURAD

J'habite un sous-sol tellement bas qu'il m'arrive parfois de le confondre avec une tombe. Il est froid, ce qui m'arrange l'été et qui m'agace l'hiver, surtout que cette saison, à Tanger, est très humide. Au-dessus, nous avons une maison, construite à l'époque où tout allait bien et où nous étions, ma femme et moi, assez confiants dans l'avenir. Nous étions stupides et nous ne le savions pas. Nous étions même heureux et nous ne nous rendions pas compte de notre chance.

Les étages au-dessus sont fermés, ou plutôt interdits. Les salons et les chambres sont meublés, les rideaux tirés, les tapis étalés et fixés au sol. De temps en temps des chats viennent y faire leurs besoins. Nous l'apprenons par l'odeur. Nous ne recevons jamais, personne n'a jamais été invité dans les étages. C'est ainsi et je ne veux pas aborder ce sujet avec ma femme. J'ai appris qu'il ne faut pas discuter certaines décisions absurdes. Nous vivons donc, si on peut appeler ça vivre, dans quarante-neuf mètres carrés. Pas de fenêtre. La lumière entre par la porte ou par la lucarne de la cuisine.

Nous nous sommes installés là quelques mois avant la tragédie. Punis. Dorénavant, nous nous enterrons dans ce sous-sol que j'appelle souvent « la cave ».

Mon matelas n'est pas très épais. Je m'en contente ; je m'y suis même habitué. Je suis de petite taille et assez mince. Celui de ma femme a l'air plus confortable. Chacun est dans un coin. Cinq mètres nous séparent. Parfois ce sont des milliers de mètres qui s'installent entre nous.

La cuisine et la salle de bains sont de l'autre côté. Le reste de l'espace, on l'appelle « le salon télé », où trônent nos deux téléviseurs. Chacun le sien dans la mesure où nous n'avons pas les mêmes goûts. Munis d'un casque, nous regardons des programmes différents. Ma femme adore les séries turques et brésiliennes doublées en arabe dialectal. Moi, je regarde des films classiques et certaines émissions de débats politiques. Parfois, elle s'endort et le casque tombe. Je me lève et j'éteins sa télé. Le lendemain, elle m'en veut de lui avoir fait manquer la fin de l'épisode.

Depuis que j'ai pris ma retraite, j'essaie de ne pas mourir. Je me demande bien pour quelle raison je résiste. Mes joies sont si rares. Mes souvenirs sont fatigués et je fais un effort pour ne plus les convoquer, m'y réfugier. J'apprends à m'en méfier.

Je suis ce que je peux. Pas grand-chose. J'ai essayé de fermer la blessure, non pas de l'effacer, mais au moins de l'éloigner de moi, de nous.

Il m'arrive de fixer un point dans ce sous-sol. Ma vue se brouille. Tout devient flou. Ce qui m'entoure m'oppresse et me navre. Ce lieu est bien trop grand pour servir de tombe. J'ai vu l'autre jour à quoi était réduit le corps de mon ami d'enfance quand on l'a déposé dans la tombe. Il devait peser moins de quarante kilos. On l'a installé sur le côté droit, comme s'il dormait. Le linceul trop blanc était taché de terre brune. Une petite chose recouverte de blanc et de terre. Le soir, j'ai eu du mal à trouver le sommeil.

Nous sommes enterrés sous cette maison qui, vue de l'extérieur, renvoie pourtant l'image d'une belle réussite. La maison nous écrase. La maison nous nargue. La maison nous tue lentement. Elle a été la scène de notre bonheur bref et de notre malheur permanent. Ma femme en parle comme si c'était une vieille dame méchante qui nous en voulait. Elle dit : « Cette baraque finira par avoir notre peau ; elle s'acharne sur nous ; c'est le démon qui l'habite… »

Un jour nous avons trouvé des briques dans le petit jardin. Ma femme s'est écriée : « La maison nous parle, elle nous envoie des messages. Qu'est-ce qu'elle nous veut encore ? »

J'ai eu du mal à la rassurer : « Non, ce sont les voisins qui font des travaux et ils ont dû perdre quelques briques. »

La nuit venue, la maison se repose. Les murs ne tremblent plus. Le plafond ne bouge plus. Mais elle nous possède comme un esprit s'empare de vous. Ma femme a accroché dans toutes les chambres des bidules porte-bonheur. Elle verse dans les coins du lait de vache frais et brûle des encens apportés du sud du pays. Tout ça pour repousser le mauvais œil et le malheur.

On aurait dû quitter cette maison, la mettre en vente et nous installer dans un appartement plus pratique, dans le centre-ville. Mais quelque chose m'en a empêché, surtout ma femme. Moi, c'est la fatigue qui me gagne à l'idée de déménager. Un de mes petits-cousins est même mort le lendemain d'un lourd et pénible déménagement. Je sais, les objets, les affaires sont méchants.

J'essaie de sortir tous les matins. Je retrouve au café Ibéria mes anciens collègues de bureau. Ce ne sont pas des amis ; disons des connaissances. Nous sommes liés par un secret, une pratique indigne. Nous prenons un café crème dans des verres, nous parlons de l'actualité du pays et regardons les gens passer. On se dit que le Maroc a changé et qu'on n'arrive plus à le suivre. Le nombre de filles et de femmes voilées par exemple ne cesse d'augmenter. « À croire que c'est la mode, a dit une fois celui qu'on surnommait Rubio, toutes les femmes se voilent, ça va de la maman à la putain ! »

Je suis né quelques années après l'indépendance de mon pays. Mon père me racontait combien l'époque de Tanger, ville internationale, était faste. Il travaillait à l'hôtel El Minzah. Un palace mythique, fameux grâce à sa clientèle qui venait de tous les coins du monde. Sur les murs du bar, les photos de vedettes du cinéma et de la chanson étaient affichées, certaines dédicacées à mon père. Rock Hudson, Elizabeth Taylor, Victor Mature, Louis Jourdan, Léo Ferré, Charles Aznavour, Gilbert Bécaud, etc.

Je crois que mon père était chef du personnel ou adjoint du directeur, en tout cas son poste était important. Souvent, il nous ramenait des cadeaux que des clients lui donnaient. Je me souviens avoir reçu un beau stylo noir, un stylo à plume avec son encrier. Ma sœur a hérité une fois d'un très beau foulard. Il lui arrivait aussi de nous donner de l'argent de poche en devises étrangères, des dollars, des lires italiennes, des livres anglaises. Je m'amusais à aller les changer en pesetas rue Siaghine. Je ne savais pas que l'argent s'échangeait.

El Minzah était l'âme de la ville. À l'entrée, deux hommes noirs, habillés avec des vêtements traditionnels rouges, se tenaient comme des statues. Un jour j'ai demandé à mon père pourquoi ils étaient noirs. « Ce sont des descendants d'anciens esclaves ; le directeur de l'hôtel est un Anglais qui a travaillé en Inde, c'est lui qui nous impose ce folklore. »

Nous n'avions pas le droit d'entrer dans l'hôtel.

Quand ma mère m'envoyait faire une commission à mon père, je demandais au concierge de l'appeler. Il sortait et me disait de me dépêcher de lui dire pourquoi j'étais là.

J'aimais le dimanche me promener avec mon cousin Rachid avenue d'Espagne, face à la mer. Le soir, nous faisions le boulevard. Faire le boulevard, c'était faire le paseo le long du boulevard Pasteur. On marchait avec une certaine nonchalance caractéristique des Tangérois le long de cette rue où des jeunes filles s'affichaient dans des tenues élégantes. À l'époque on n'utilisait pas encore le verbe « draguer », mais le but du paseo était de se faire remarquer par des filles qui venaient là pour les mêmes raisons que nous.

Boulevard Pasteur, il y avait l'agence Air France, les magasins anglais Kent, le parfumeur Madini, la Librairie des Colonnes, le café Le Claridge et beaucoup de boutiques tenues par des Indiens qui vendaient des appareils photo et des transistors.

Je m'y arrêtais à chaque fois pour demander le prix d'un petit transistor Philips. Quand j'eus mon brevet, je réussis à convaincre mon père de me l'acheter. Cette petite radio allait jouer un rôle très important dans ma formation culturelle. Je dormais l'oreille collée à son boîtier rouge. J'écoutais des pièces de théâtre de la Comédie-Française retransmises sur Radio France. Je suivais comme un fou le jeu « Quitte ou double », présenté par Marcel Fort, surtout quand il s'agissait de questions sur le cinéma. Un soir, j'ai gagné cent mille anciens francs. Je ne jouais pas pour de vrai, mais je répondais aux questions avant le candidat.

Ah, ce petit miracle de la technique ! Moi qui ai eu une enfance sans musique, grâce à ce transistor, j'ai su par cœur les chansons de Georges Brassens, de Jean Ferrat, de Léo Ferré, de Barbara et de Juliette Gréco. J'étais imbattable sur leur répertoire. Ils ont tous chanté Aragon, Villon, Baudelaire, et c'est eux qui m'ont fait aimer la langue française.

Je me souviens encore aujourd'hui de cette époque où nous n'avions pas de télévision. J'empruntais à la Bibliothèque française rue de Fès des livres. Je lisais le jour, j'écoutais la radio le soir. L'après-midi, c'était la séance quotidienne de cinéma. Avec ma sœur, on se précipitait à l'Alcazar ou au Capitol pour voir un film, n'importe lequel. Ces deux salles projetaient un film par jour. J'avais aussi convaincu mon père que le cinéma était utile pour ma culture générale.

Ce Tanger-là n'existe plus. C'est normal. Les salles de cinéma ont fermé. L'une est devenue un café, l'autre est en ruine. Les jeunes filles « font » toujours le boulevard, mais voilées pour la plupart. Et personne n'écoute plus de transistor.

Après mon bac, je suis parti à Rabat où j'ai fait des études de droit et d'économie. La suite a été moins brillante, même si j'ai été heureux au début de mon mariage.

2

MALIKA

Ce matin, je suis montée au premier étage, j'ai ouvert la porte et les fenêtres du grand salon, là où des chats avaient fait leurs besoins. J'ai tout nettoyé. J'ai aéré toute la matinée. Au bout d'un moment, n'en pouvant plus, je me suis assise par terre, le dos contre la banquette. J'ai fermé les yeux pour ne pas pleurer. Mon mari me reproche souvent d'avoir condamné tout ce qui est construit au-dessus du sous-sol. J'avais préparé avec un grand soin ce salon pour le mariage de ma fille. J'y pensais alors qu'elle avait à peine dix ans. J'avais choisi les tissus, les tapis, les rideaux. J'avais confié ce travail au meilleur cardeur de la ville, le fameux Mohamed-Moshé, de mère juive et de père musulman. Je faisais des rêves. J'imaginais la fête et je parvenais à entendre la musique qui allait avec. À présent, ce salon sert de chiottes aux chats sauvages.

Mes deux garçons ont été avalés par leurs épouses. L'un a émigré au Canada, l'autre travaille en tant que sous-directeur d'une usine, ce qui ne lui laisse pas beaucoup de temps pour venir me voir. Quand sa femme lui donne l'autorisation, il passe en vitesse, apporte des fleurs et des fruits.

Nous sommes des gens simples, honnêtes et modestes. Oui, pauvres. Honnêtes ? Après tout, oui. J'ai épousé un homme merveilleux, attentif, honnête, trop honnête, vertueux. Nous ne nous connaissions pas avant la demande en mariage. Nous avons fait comme nos parents et nos grands-parents avaient fait dans les temps anciens. Ma mère était persuadée que c'était la garantie d'une vie paisible et heureuse. L'amour ne vient pas comme une bourrasque. On le construit chaque matin. J'étais de son avis et je constatais les ravages du coup de foudre dans les feuilletons que je regardais assidûment.

Au début, nous avons adopté un mode de vie très simple. Nous étions disposés pour le bonheur conjugal. Nous l'espérions, nous l'attendions. Puis le malheur s'est immiscé dans notre petite vie tranquille. Ce fut comme une fatalité. Un mauvais œil avait réussi à entrer chez nous et à tout dévaster. J'ai cru à la vie, j'ai cru au courage et à la patience. Mais tout s'est écroulé en quelques instants. Comme ma mère je suis superstitieuse. Elle citait notre prophète bien-aimé et me disait qu'il croyait au mauvais œil. Il conseillait aux croyants l'amour de la sagesse et le rejet de l'envie. L'œil envieux, l'œil jaloux, l'œil mauvais nous cerne, et dès qu'il trouve une faille, il pénètre dans notre intimité, notre foyer, nos secrets. Je sais, l'homme est foncièrement mauvais, mais, en bonne musulmane, j'espérais l'aide et la protection de Dieu pour vivre en paix. Dieu et son prophète nous ont oubliés. Ou alors nous ont punis de notre vivant. Le ciel s'est fendu et un éclair est venu déchirer les draps blancs de la paisible vie. C'est cela. Une malédiction, une colère du ciel.

Je me souviens du temps où la maison venait tout juste d'être construite. Nous y avions mis toutes nos économies. Nos familles nous avaient aidés. Mon mari, hanté par une mauvaise conscience héritée de ses parents, me disait : « Une brique sur deux porte la marque de la corruption. Un jour la maison s'écroulera sur nous et nous n'aurons que ce que nous méritons. » J'essayais de le persuader que c'était notre pays qui avait introduit la corruption dans les relations humaines. Les très faibles salaires des fonctionnaires incitent tout le monde à s'arranger. Je crois même avoir entendu, un jour, mon père rappeler la déclaration d'un ministre puissant : si les salaires sont bas, que les Marocains s'entraident et complètent directement aux fonctionnaires ce que l'État ne peut leur donner…

Le message était clair, la corruption fait partie de nos mœurs.

Lui était figé dans ses principes et j'avoue avoir eu bien du mal à le faire rejoindre l'immense cohorte de ceux qui s'arrangent avec les principes.

Ce matin, j'avais le cœur serré. Pour apaiser mon mal, j'ai ouvert la chambre de Samia. Cela ne m'était pas arrivé depuis longtemps. Ses affaires sont toujours là. La chambre est telle qu'elle l'a laissée le jour de la tragédie. J'ai ouvert le placard. J'ai regardé ses petites robes ; j'en ai pris une, je l'ai mise sur mon visage et j'ai respiré profondément son odeur. L'odeur de ma fille. Le parfum de sa vie. Les traces de ses secrets. J'ai pris une chemise et l'ai sentie comme on sent une fleur. Je me suis assise sur le bord du lit et j'ai pleuré longtemps. Cela me soulageait. Mon cœur n'était plus serré. Mais j'avais toujours mal, mal au fond de mon être.

Je ne sais pas comment font les autres, moi, je n'y arrive pas. Je suis brisée, amputée, cruellement frappée, anéantie, et je dois continuer à faire semblant, semblant de vivre, de soigner mes maladies, de m'occuper de mon mari qui croit qu'il est malade, de penser à mes enfants, d'imaginer l'avenir qui sera plein de trous. La terre a tremblé sous mes pieds et un gouffre m'a attirée vers le fond. J'avoue avoir cédé facilement à la force qui m'y emmenait. Je pensais qu'en me laissant aller, en me laissant faire, j'en aurais fini avec la souffrance.

Dans des moments de grande lucidité, je me demande comment notre couple, parti pour vieillir avec sagesse, est devenu une monstruosité. Tant de haine, tant de hargne ! Cela ne nous ressemblait pas. À présent, notre enfer est bien installé, il a pris ses marques, il s'est accoutumé à nos humeurs de plus en plus mauvaises, il s'est adapté à nos manies, à nos faiblesses et aussi à notre volonté morbide de dire le mal, de faire le mal. Et je ne vois pas comment faire autrement, comment apaiser la situation, comment redevenir des personnes normales, aimantes, amicales, généreuses et surtout heureuses de vivre.

3

MOURAD

Je suis mort. Mort de faim. Ma femme ne me nourrit plus. Elle ne m'a pas abandonné, elle a juste oublié de me faire à manger. Elle n'a pas oublié. Elle a décidé de me laisser mourir de faim. Elle est là. Terriblement là. Elle ne me quitte pas. Elle dit être aux petits soins avec moi. Elle dit tant de choses qui n'ont aucun fondement. Elle parle toute seule et je dois suivre son délire sinon elle me punit. Elle n'ouvre pas le frigo pour ne pas être tentée de consommer ce que notre fils nous apporte. Elle garde la nourriture parce qu'elle est avare. Elle a toujours été avare. En vieillissant, son vice est devenu une férocité. Elle mange en cachette. Elle calcule tout. Elle dit qu'elle souffre avec moi, qu'elle aurait mérité d'avoir un mari riche et généreux. Je suis généreux mais pas riche. Je donne ce que j'ai et je ne fais pas attention à la dépense. Ce qu'elle me reproche ensuite.

Je n'ai plus la force de me lever ni de protester. Seuls

mes yeux parlent. Elle ne me regarde pas. Elle passe à côté de moi sans me voir. Cela ne me dérange pas. Au contraire, je suis soulagé de ne pas être vu d'elle. Je me repose car son regard pèse lourd en reproches et en sous-entendus.

Hier, elle m'a frappé. Un coup de poing dans le ventre. Je ne m'attendais pas à ça. Pourtant elle a osé. Elle était énervée. Quand elle perd ses nerfs, elle ne sait plus ce qu'elle fait. Elle jette les objets incassables, un livre, un coussin, mais pas la vaisselle. Seule son avarice peut arrêter sa colère.

Elle m'a frappé parce que le bol de lait est tombé de mes mains. Elle m'a frappé parce que le bol est plus important que mon état.

Je suis resté prostré. Les larmes sont arrivées et je ne suis pas parvenu à les arrêter. Je pleurais en silence. Heureusement, aucun de nos enfants n'était présent. Pleurer devant ses enfants est la pire des humiliations. Elle le sait. Quand ils viennent nous voir, elle se plaint. Elle tient à être considérée comme plus malade que moi. Elle commence par me dénigrer. Elle dit : « Votre père est malade, mais il exagère, il fait le malade pour qu'on le plaigne ; moi, je suis très malade et personne ne s'inquiète pour ma santé. Je ne dors plus. Lui, il dort et il ronfle comme un taureau. Je n'en peux plus. »

Dois-je préciser qu'elle n'a aucun problème de sommeil, qu'elle s'endort dès qu'elle met la tête sur l'oreiller et que je passe la nuit à observer son sommeil profond ? Je ne vais pas entrer en concurrence avec elle sur l'état de ma maladie. Chacun a son lot de problèmes.

J'ai faim. Le médecin a évoqué un problème d'anémie. Je manque de forces et d'énergie. Je maigris.

Avant, quand Fatema, la femme de ménage, venait nous aider, elle me faisait à manger en cachette, profitait des moments où ma femme s'absentait pour me nourrir. Je mangeais bien et je me sentais mieux. Mais elle l'a renvoyée. Elle coûtait trop cher. On n'a pas les moyens de se payer une femme de ménage qu'on doit en plus nourrir. Quoique… Elle n'était pas très bien payée, mais elle a accepté de nous aider en souvenir des temps anciens où tout allait bien.

Je regrette Fatema. Elle le sait. Elle m'a même soupçonné d'être attiré par elle. Je ne bande plus depuis longtemps, mais j'aime regarder les femmes. Je leur trouve toujours quelque chose d'agréable, de plaisant. Ma femme le sait et me gronde chaque fois qu'elle me surprend en train de regarder une dame quel que soit son âge. Fatema avait une jolie poitrine. J'ai toujours aimé les seins des femmes. D'ailleurs c'est grâce à sa poitrine généreuse et ferme que j'étais tombé amoureux de Malika. Les jeunes gens ne se fréquentaient pas avant le mariage. Ils se mariaient puis se fréquentaient. J'ai fait comme tout le monde. Ma mère était allée demander sa main à ses parents. Elle avait été précédée par une femme du protocole marital qui avait déposé au seuil de leur porte un immense bouquet de fleurs. Les choses s'étaient précipitées. Malika avait vingt-deux ans, un âge tardif pour le mariage. J'avais deux ans de plus qu'elle.

Je dois m'arrêter de ruminer. Elle arrive, furibarde. Elle hurle :

— Où as-tu planqué ma télécommande ?

Je n'ai rien planqué du tout. Je ne réponds pas. Elle hurle encore plus.

— Je ne sais pas où est la télécommande.

— Tu le fais exprès, tu cherches à m'énerver, tu fais tout pour me mettre hors de moi, pour que je rate mon feuilleton. Tu es un malade, un vicieux, un pervers...

Je ne dis rien. Je ferme les yeux et m'en vais dans mes pensées. Ses cris me parviennent mais leur violence est amoindrie. J'ai réussi à construire un mur en béton et en fer entre ses hurlements et moi. Il m'a fallu beaucoup de temps pour y arriver, c'est pour moi comme une frontière qui me garde d'elle.

J'ai remarqué que, depuis quelque temps, elle ne m'appelle plus par mon prénom. Elle ne m'appelle pas. Elle dit « toi ». Une fois elle a utilisé mon nom de famille. Cela m'a fait rire. C'est étrange d'entendre sa femme s'adresser à vous en utilisant votre nom de famille, comme si on était un étranger.

En fait, je suis devenu un étranger. Je ne reconnais rien. Je suis chez moi mais je ne me sens pas chez moi. Je sais que c'est notre maison, notre foyer, mais les murs et les tapis ne me rappellent rien. Je ne perds pas la mémoire, mais disons que j'ai la mémoire décalée. Je ne suis pas à ma place. Je me pose des questions. Elle n'en sait rien. De toute façon elle ne comprendrait pas le problème. Elle me traiterait de fou. C'est déjà arrivé. Une fois, j'ai osé plaisanter en disant que notre sous-sol était notre caveau de famille. Je voulais dire que plus rien de vivant ne se passait dans cette maison. Elle s'est levée, a mis son index sur la tempe, l'a fait tourner et m'a dit : « Tu es fou, je le savais, je vis avec un fou, c'est la meilleure ! »

Je suis étranger à mon corps. Un jour je me suis réveillé en me demandant à qui appartenait le corps que je portais. J'étais persuadé de porter le corps d'un autre. Heureusement que je ne l'ai pas dit à ma femme, elle aurait appelé l'asile.

Je me suis longuement regardé dans la glace. Le visage me rappelait quelqu'un de familier. Mais il y avait trop de rides et surtout une impression de défaite inscrite sur la peau. Je plissai mon front, écarquillai les yeux, passai plusieurs fois la main sur mes joues, l'impression d'être un autre persistait.

J'ai sur le bras gauche une cicatrice due à un vaccin mal fait. J'ai enlevé ma chemise et l'ai cherchée. Elle avait disparu. Là, je me suis assis sur le bord de la baignoire et j'ai décidé de me présenter nu devant Malika. En fonction de sa réaction, je serais fixé.

Je me suis déshabillé en gardant par pudeur mon

slip. Son hurlement a été si fort que les voisins ont donné des coups dans le mur mitoyen.

— Je savais que ça ne tournait pas rond chez toi, mais là, ça dépasse toutes les bornes. Que veux-tu ? Que cherches-tu à me dire ? J'espère que tu ne comptes pas profiter de mes charmes.

Elle a éclaté de rire puis a ajouté :

— Mon pauvre ami ! Tu as bien fait de garder ton slip. Dedans, il n'y a rien ; ça fait des années qu'il n'y a rien, pas même le soupçon d'un peu d'homme en toi. Allez, va, rhabille-toi et ne me refais plus ce genre de plaisanterie.

Elle a raison. Mon pénis est mort il y a longtemps, enfin, il me sert à pisser, c'est déjà pas mal. Mon pénis, elle l'a mangé, avalé après l'avoir écrasé comme un légume trop mûr. Ses mots sont si méchants qu'ils m'atteignent en profondeur. Elle les choisit bien.

Ma femme est laide. Elle était jolie pourtant. Le temps et les épreuves l'ont enlaidie. Elle n'est pas laide physiquement. Sa poitrine s'est pas mal maintenue. Ses fesses sont restées fermes. Mais son visage est une catastrophe. Son âme s'y affiche avec évidence. Je ne sais plus qui a dit : « À partir de quarante ans, on est responsable de son visage », mais il avait raison. Léo Ferré chantait : « Quand elle est bath ça va tout seul... » Il parlait de la gueule.

Dire que j'ai été follement amoureux de cette femme ! Se marier avec une jeune femme dont on ne savait rien était très excitant et évidemment risqué. J'avais dit à ma mère qu'elle pouvait choisir pour moi, elle me connaissait tellement bien. Une seule chose m'inquiétait : aurait-elle le temps de voir les défauts chez la promise ? Elle me fit la leçon : « Mon fils, la perfection n'est pas de ce monde ; seul Dieu est parfait. Nous avons des qualités et des défauts, des hauts, des bas, des couleurs qui vont de la lumière à l'obscurité… Cette femme sera ce que tu feras d'elle, tout dépend de toi, de ta volonté et de tes désirs. En épousant ton père, j'étais loin d'imaginer combien il pouvait être bon. Il n'a jamais levé la main sur moi, et toi aussi promets-moi de ne jamais être violent avec ton épouse. Quand un problème surgit, il faut parler, oui, discuter, et puis il faut prendre le temps de comprendre ce qui se passe dans la tête de l'autre. On dit que les femmes sont compliquées, ce n'est pas vrai, une femme, il faut tout le temps s'en occuper, c'est simple, alors que les hommes, mon Dieu ce que vous êtes compliqués, on ne sait jamais ce que vous voulez… »

Le désir s'est évanoui tout d'un coup. C'était peu après le début des enveloppes. Un soir, elle se plaignit de ne pas être satisfaite au lit ou si rarement. Elle criait : « Je peux les compter sur les doigts d'une seule main, les fois où tu as été un homme, un vrai, pas la mauviette que t'es devenu. »

Mauviette ! Une chose chétive et sans contenance. Un truc qui pendouille. Un membre flasque et sans consistance. Un corps mou et visqueux. Elle me voyait ainsi. Pauvre de moi !

Je n'ai pas répondu. Je sentis mon sexe rétrécir jusqu'à disparaître. Elle était là, les jambes écartées, les mains sur les hanches, les cheveux défaits et de la salive aux coins des lèvres. C'est à partir de ce moment-là que j'ai commencé à bâtir ce mur entre nous.

4

MALIKA

Malgré tout, je ne m'imagine pas vivre sans mon mari. J'aurais voulu être son amie, mais il n'a aucun sens de l'amitié. L'amour ? Oh, c'est une vieille histoire. Je ne sais pas combien ça a duré. Un an ? Deux ans ? Je ne m'en souviens pas. Ça s'est arrêté d'un coup. Un soir, il est rentré du bureau, il s'est mis en pyjama puis il est allé dormir sur un matelas au salon. J'ai cru qu'il était malade et qu'il ne voulait pas me déranger durant mon sommeil. À l'époque je dormais vite et bien. Lui, ça a toujours été plus compliqué. Il commence par lire, ensuite il écoute de la musique, éteint la lampe et attend le sommeil. Il lui arrive de passer toute la nuit éveillé. « Pendant des heures, m'a-t-il dit, j'attends un train qui ne vient pas ou qui s'est trompé de gare. » Cette histoire de train m'a énervée. Chez nous les trains sont rarement à l'heure, alors pourquoi il ne prend pas un autocar, il y en a de bien ; ils sont climatisés, il y a une télé où on diffuse des feuilletons turcs ou brésiliens doublés en arabe dialectal, on y sert des boissons fraîches et même des petits paquets de chips. Mais lui, têtu, il attend un train. Il y en a qui attendent le grand amour, lui, il se contente d'un train ! Je lui ai dit plusieurs fois que notre maison est construite sur le terrain d'une gare désaffectée. Il ne veut rien savoir. C'est étrange.

Désormais je dormais seule. Au début cela me convenait, j'y trouvais même une sorte de paix, mais à la longue, ça devenait pesant et surtout incompréhensible. J'ai voulu discuter avec lui de cette nouvelle situation. Il a mis un casque sur ses oreilles et a fermé les yeux. Les choses étaient claires.

Les enfants ne se rendaient compte de rien.

Cet homme, ce mari, je l'ai pourtant longtemps attendu. Je suis née vers la fin des années cinquante. Le Tanger international dont me parlait mon père était en voie de transformation. La ville ne tournait plus le dos au reste du Maroc. Mais il y avait encore des banquiers, des hommes d'affaires en marge de la légalité, des bandits et paraît-il aussi des espions. Le cachet particulier de « ville internationale » n'a pas disparu d'un coup.

Mon père m'emmenait écouter des chanteurs de jazz qui se produisaient au Casino espagnol ; il ne payait pas, le portier, qui était un de ses copains, nous faisait entrer une fois le spectacle commencé. Le dimanche, nous avions le droit avec mes sœurs et frères d'aller au cinéma Roxy où on passait des films américains MGM en version originale. Nous parlions plusieurs langues, du moins on les massacrait allègrement. Nous avions des voisins français, espagnols, italiens, certains étaient juifs, d'autres catholiques. J'ai ouvert les yeux sur un monde plein de diversité. Mon père avait un petit commerce dans la médina, juste en face de l'église fréquentée surtout par les Espagnols. Nous ne manquions de rien, mais mon père nous apprenait à être économes. Je me souviens qu'on avait à la maison des ampoules de basse intensité. Il faisait tout le temps sombre chez nous. Je m'étais habituée à ce genre de lumière tamisée. Il nous était interdit de laisser le robinet d'eau ouvert pendant qu'on faisait notre toilette. Seul le repas de la mi-journée était important. Peu de viande, surtout des légumes et des agrumes. Le vendredi on avait droit au poulet. Ma mère le découpait en quatre morceaux et elle le cuisinait en deux fois avec beaucoup de légumes. Quand il nous arrivait d'avoir des invités (très rarement) ma mère, sur le conseil de mon père, ne cuisait pas assez la viande. Je me demandais toujours pourquoi la viande était dure, presque pas mangeable. Ma mère la récupérait pour faire des tajines durant toute la semaine. Il fallait y penser. Mon père n'aimait pas les gens qui dépensaient sans compter. Il disait : « Ce sont des inconscients. » Je lui donnais raison. Moi aussi j'avais en horreur le gaspillage. Avec ma mère j'achetais du tissu pas cher et je me faisais moi-même mes robes.

Je trouvais ce mode de vie satisfaisant. Je ne savais pas

si mon père était économe par nécessité ou avare par volonté. De toute façon ça revenait au même. Il nous disait souvent : « *Una peseta es una peseta.* » J'avais envie de lui répondre : « Évidemment ! »

Nous étions trois sœurs et deux frères. Il régnait à la maison une paix qui nous engluait dans un ennui assez doux. Le principe était de refuser les invitations que la famille ou les voisins nous adressaient. Accepter un déjeuner ou un dîner nous aurait mis dans l'obligation de rendre l'invitation, ce qui aurait impliqué des dépenses que mes parents n'auraient pu tolérer. Nous vivions entre nous et nous n'avions besoin de personne. Je finis par comprendre que mon père avait une calculette dans les yeux et aussi dans le cœur. Il avait connu la guerre du Rif puis la Seconde Guerre mondiale. Il savait ce qu'étaient la faim et le manque.

Ma sœur aînée, Zohra, devait se marier avec un cousin qu'elle fréquentait clandestinement. Ils se voyaient les jours de fête, s'écrivaient des lettres qui passaient par les mains de Warda, une vieille et ancienne esclave noire que mon oncle avait ramenée de Guinée avant la guerre. Elle faisait le facteur discrètement et cela l'amusait.

Il était assez aisé et dépensait largement l'argent hérité de son père qui avait fait fortune en important des surplus américains juste après la guerre tout en faisant du commerce avec l'Afrique. Pour mon père, pas question que Zohra se marie avec cet « inconscient ». Il disait : « Il va nous ruiner. » Ma mère fit quelques démarches et proposa à sa fille de se marier avec un instituteur qui vivait modestement. Pour mes parents, il était le gendre idéal. Modeste ou même pauvre, cela n'engageait pas la famille à faire beaucoup de frais ni pour la cérémonie du mariage ni pour la suite. C'est ainsi que Zohra, alors amoureuse de son cousin Nouredine, fut mariée à Abdesslam, maître d'école qui arrivait à peine à joindre les deux bouts. Elle avait résisté en faisant une grève de la faim, mais l'autorité de mon père, renforcée par l'appui inconditionnel de ma mère, finit par briser sa résistance. Quand elle évoquait ses sentiments amoureux à l'égard de Nouredine, ma mère se mettait en colère : « L'amour ? Tu te crois dans un film américain ? Tu crois que j'aimais ton père avant notre mariage ? Chez nous, l'amour ça vient après, jamais avant, nous avons l'amour construit sur la raison et l'habitude. Tu verras, tu oublieras très vite ton Nouredine, dépensier et vulgaire. »

Zohra a été malheureuse toute sa vie, non que son mari ne fût pas aimable, mais elle ne l'aimait pas et elle a fini par se rebeller, sombrant dans une dépression assez grave. C'était l'époque où on pratiquait des électrochocs dans l'hôpital des fous. Elle a été détruite par ces traitements qui ont fini par l'emporter. Ma mère attribua sa maladie au mauvais œil que lui aurait lancé la famille du cousin. Quant à mon père, il n'eut même pas de peine, se contentant de dire : « Telle est la volonté d'Allah ! Qui suis-je pour la contester ? »

Mon autre sœur, Ghita, se maria avec un homme pauvre, un cordonnier, et accepta son destin sans protester. Le sort de Zohra l'avait affectée et effrayée. Elle était fataliste et ne protestait pas. Elle parlait peu. Quand on l'interrogeait sur sa vie, elle levait les yeux au ciel et disait : « Merci à Dieu ! Telle est sa volonté ! » Elle n'a pas eu d'enfant. À aucun moment elle n'a imaginé que son mari pouvait être stérile. Elle était persuadée que c'était de sa faute.

Quand mon père me dit : « Tu vas épouser Mourad, le fils d'un ami », je n'ai pas réagi. Il chargea ma mère de me redire la même chose. Je ne le connaissais pas et je demandai à ma mère si elle pouvait me procurer une photo pour voir à quoi il ressemblait. Elle m'apporta une photo d'identité d'un jeune homme en costume cravate qui portait des lunettes. En fixant ce portrait, j'essayais de m'imaginer dans les bras de cet inconnu. Je sentis une petite excitation dans le ventre. Il avait quelque chose qui rappelait mon idole, le chanteur Farid El Atrache. Il ne lui ressemblait pas, mais son regard était assez doux et me faisait penser à cet artiste égyptien qui, j'apprendrais plus tard, n'aimait pas trop les femmes. Des rumeurs sans fondement, lancées par un concurrent jaloux.

Mourad, qui avait fait des études d'expert-comptable, tenait de temps en temps le magasin d'habits de son père situé dans un passage très commerçant au début de la rue Siaghine. Il fut content le jour où son père lui annonça qu'il était engagé à l'hôtel El Minzah. Le commerce ne marchait plus comme avant. Mourad attendait une affectation au ministère de l'Équipement, qui avait une succursale à Tanger. Il avait acheté une voiture d'occasion, une Mercedes noire qu'il sortait le dimanche pour aller à la plage de la Forêt diplomatique sur l'océan Atlantique. Le fait qu'il possédât une voiture inquiétait mon père. Il dit à ma mère : « C'est mauvais signe ; la voiture c'est la liberté, c'est le début des tentations, qui nous dit qu'il ne va pas dilapider l'argent de son père dans des voyages où il invitera ses copains, leur offrira du vin ou de la bière ? » Ma mère le raisonna en l'informant que les clés de la Mercedes étaient gardées chez sa mère qui ne les lui donnait qu'en sachant ce qu'il allait faire.

Juste avant nos fiançailles, mes parents m'autorisèrent à sortir faire un tour à la Montagne accompagnée de ma mère. L'honneur devait être sauf. Pas question de se toucher avant la nuit de noces. Quand il s'arrêta devant un café au cap Spartel, ma mère proposa qu'on admire le paysage tout en restant dans la voiture. Mourad insista pour nous inviter à boire quelque chose au café. Refus poli mais ferme de la part de ma mère. Elle sortit de son sac un thermos et des verres et nous servit du café au lait qu'elle avait préparé juste avant de sortir. Il y avait aussi des biscuits faits maison. Nous regardions le soleil se coucher dans un ciel d'une belle rougeur en buvant le café en silence. J'étais gênée, mais Mourad savait que notre famille avait la réputation d'être avare.

5

SAMIA

1er octobre 2000

Je suis assise sur le bord du lit. Je porte un long tee-shirt qui me sert de pyjama. Les rideaux sont tirés. Je ressens un besoin que je ne contrôle pas, celui de prendre mon cahier qui me sert de journal et de me mettre à écrire. Je suis maigre et j'ai le teint pâle ; je regarde de temps en temps mes seins. Pas terribles.

Je ne sais pas pourquoi. Écrire, oui, mais quoi ? Je n'ai pas de bureau. J'écris sur mes genoux, bien calée dans le lit. J'ai pris l'habitude de me mettre dans cette position pour noircir les pages de mon cahier. C'est un simple cahier d'écolière. Un lion est dessiné sur la couverture. Il me regarde, je lui fais une grimace, il ne bouge pas. Sur le dos du cahier, les tables de multiplication. Je ne vois pas le rapport entre le lion et ces chiffres bien alignés. Tant pis. Je suis devant une page vide. Elle n'est pas tout à fait blanche. Disons que c'est un blanc cassé, un blanc sale. C'est du papier qui a été recyclé. J'utilise un stylo à encre, un cadeau du directeur du *Journal de poésie*. Il me l'a offert un jour à la sortie du lycée. Il m'a dit : « Tu es poète, ça se voit tout de suite ; tiens, je te donne ce stylo pour que tu écrives de la poésie, et rien que de la poésie. » Puis il est parti. J'étais étonnée. Comment avait-il deviné que j'aimais écrire des vers ? C'est bizarre. Il faut que je remplisse le stylo avec de l'encre. Je sens monter en moi des mots comme une bouffée de chaleur. Il faut qu'ils sortent.

La maison est calme. Ma mère dort, elle dit qu'elle ne dort jamais assez à cause de mon père qui ronfle. Elle récupère durant la journée. Mon père doit être au café avec ses collègues. La maison est sombre et mon cœur abandonné par la lumière.

J'ai eu seize ans il y a quelques mois. Mes parents, trop occupés à se chamailler pour des broutilles, ont oublié mon anniversaire. Ils n'oublient jamais celui de mes frères. Ce n'est pas grave. Je fête ces années avec la poésie. Depuis que j'ai découvert Paul Éluard, je ne lis plus de romans. Je préfère la poésie. J'ai entendu l'autre jour, sur une radio française, quelqu'un affirmer que « seule la poésie sauvera le monde ». Je suis dans ce monde et je compte sur la poésie pour me sauver de l'ennui et de la médiocrité de la société.

Les gens passent tout leur temps à juger les autres. Quand je me rends chez mes tantes, je garde le silence, refusant de participer au lynchage des uns et des autres qu'elles pratiquent avec un zèle particulier. Deux choses les obsèdent : l'argent et le sexe. Autant elles sont intarissables sur le prix du tissu ou du poulet, autant elles parlent par métaphores quand il s'agit de cul. Ma mère évite d'aborder ce sujet, en revanche elle parle tout le temps d'argent. Normal, c'est son éducation. Quand il m'arrive de l'accompagner au marché, j'ai honte. Elle marchande tout. Elle me dit : « Sache qu'un centime est un centime ; et si un jour tu en as besoin, personne, je dis bien personne, ne te le donnera ! »

Quand je lis de la poésie, je me sens légère, j'ai l'impression de planer, de survoler la ville. Je me prends pour un moineau qui vole vite tout en étant très attentif à ce qu'il cherche. La poésie me sort de cette chambre, de cette maison sombre, de cette ville dévorée par l'hypocrisie. La poésie comme réponse, comme défense, comme esprit de fuite.

Je sais, la poésie c'est la vie, c'est ma vie, c'est ce qui me fait vibrer. Je prends le train de nuit, je ferme les yeux et je me laisse bercer par le rythme régulier de ce train qui roule à toute vitesse dans toutes les nuits du monde.

La dernière fois, le train m'a déposée dans un rêve. Un pays tout blanc. Le ciel et le sol étaient peints en blanc. Une lumière éclatante m'aveuglait. Je marchais sur des phrases calligraphiées sur le sol. J'entendais une musique stridente qui finit par me réveiller.

J'écris, puis je biffe ou je déchire la feuille. J'écris

ce que je pense être de la poésie. J'évoque des choses simples de ma vie. Je raconte ce que je vis, ce que je ressens, ce que j'espère, ce que j'attends.

La poésie, c'est mon secret. Personne n'est au courant de ce que j'écris. Je suis timide. Je ne parle à personne de cette passion. Tout est consigné dans mon journal. J'ai la hantise qu'un jour ma mère découvre ce cahier et qu'elle le lise. Elle ne comprendrait rien. Elle est directe, sans imagination et ne respecte pas la liberté de ses enfants. Elle considère que nous lui appartenons et qu'elle a tous les droits sur nous. J'écris en français et aussi en arabe.

Personne n'a eu, jusqu'à présent, accès à mon journal. Ne pourrait le lire qu'un poète, un grand poète ou un éditeur. Si Éluard était de ce monde, j'aurais tout fait pour lui envoyer mes tentatives de poésie. Mon père pourrait les lire, mais il a tellement peur de ma mère qu'il est capable de me faire une scène et de me citer un verset du Coran qui se moque des poètes. Il me l'a déjà dit : « Et quant aux poètes, ce sont les égarés qui les suivent. » Il insiste pour que j'aille vérifier : « Sourate 26, verset 224 ! »

Égarée, je le suis et le revendique. Je suis Éluard, Aragon, Ahmed Chawki, celui que l'on appelle « le prince des poètes » dans le monde arabe, Mahmoud Darwich, Rimbaud, Baudelaire. J'apprends par cœur leurs vers et je me sens pleinement heureuse en me remémorant leur poésie.

Quand la vie fait un bruit d'ombre et d'argent
Quand c'est le reflet dans un miroir sans tain
Je me lève et je marche dans la douleur de la nuit
Ma tristesse est sœur appliquée sur un métier à tisser
Les souvenirs d'une vie que je n'ai pas vécue
Surgissent comme des arbres arrachés pour faire du feu…

6

MOURAD

Je sens que tout se dégrade chez moi. J'ai besoin de changer d'air, besoin aussi de voir le médecin, une douleur sourde s'est installée chez moi depuis longtemps. Il ne faut pas oublier de prendre les médicaments pour la tension artérielle, pour l'arythmie du cœur, pour bien d'autres choses.

Sur la table basse, ma femme a posé les boîtes de ses médicaments. Je les ai comptés. Onze boîtes et un flacon. C'est la preuve scientifique qu'elle est plus malade que moi. Je n'ai pas à exhiber les médicaments que je suis obligé de prendre chaque jour. Je n'aime pas toute cette chimie qui finit par bousiller le corps. Je refuse de jouer à ce petit jeu ridicule. Je connais mes problèmes de santé, je n'en fais pas une affaire publique. Je regardais ces boîtes de médicaments et je faisais un petit calcul : si elle avalait en un seul coup tous ces comprimés, peut-être deviendrait-elle aimable et gentille. Loin de moi l'idée de la voir mourir d'une overdose chimique. Non, je n'en suis pas encore là.

Elle arrive, pliée en deux, marchant péniblement, les poignets au niveau des hanches, elle transpire, gémit un peu, elle veut me dire qu'elle souffre et qu'il faut m'occuper d'elle. Je sais qu'elle exagère, je sais qu'elle met en scène ses douleurs, son arthrose surtout. Elle ne parle pas, me lance des regards que je dois interpréter. J'ai l'habitude de ce genre de folklore. Je prends un livre et me plonge dedans. Cela l'énerve, elle manque de tomber, pousse un cri, puis finit par crier :

— C'est ça, tu t'en fous de mon état, tu lis alors que j'ai besoin d'être secourue, j'ai mal, je ne tiens pas debout, je souffre atrocement, et toi, tu n'es pas là, égoïste !

Je ne réponds pas. Je sais qu'elle joue la comédie. Elle se laisse tomber dans le canapé juste en face de moi, la tête penchée en arrière. Je crois qu'elle pleure ou simule des pleurs. Je connais sa tactique. Dramatiser, culpabiliser, attirer l'attention. Je n'ai aucune envie de m'occuper d'elle. Depuis le temps qu'elle prétend être gravement malade, j'ai compris qu'il ne faut pas entrer dans son jeu.

Je la laisse gémir et je poursuis ma lecture. En fait, j'ai du mal à me concentrer. Elle me gêne, sa présence est lourde, sa comédie me fatigue. Je ne la considère plus comme une épouse ; je ne pense plus que j'ai un devoir envers elle. Elle est ma défaite. Je sais que je suis responsable de ce qu'elle est devenue. Les choses auraient pu aller autrement et même nous rendre heureux. Mais le destin était piégé. J'aurais dû m'en douter.

Elle s'est assoupie. Elle ronfle. J'en profite pour mettre tous ses médicaments dans une boîte à chaussures. Elle comprendra que je ne marche pas dans sa mise en scène.

La femme de ménage n'est pas passée ce matin. C'est bizarre. Elle a dû attraper une de nos maladies. Ici, c'est l'hôpital. Là-bas, juste à côté de la cuisine, c'est la pharmacie. À nous deux nous sommes une petite entreprise dont le but est de consommer le plus de médicaments possible. Ma femme est persuadée que plus un médicament est cher – ce qui la navre –, plus il est efficace. Mais elle n'a aucune envie de guérir. Depuis la tragédie, son occupation principale, c'est d'être malade. C'est l'état qu'elle préfère, qu'elle met en avant. Il faut qu'on la plaigne. C'est sa technique pour lutter contre le mauvais œil. Chaque regard qui se pose sur elle est susceptible d'aggraver son mal. Elle fait tout pour que personne ne l'envie. Il n'y a rien à envier. Une vie étroite, réduite à peu de chose. Je la supporte parce que je ne peux pas faire autrement. Je n'ai nulle part où aller, où me réfugier. Mes enfants ne veulent pas entendre parler de nos problèmes. Ils viennent nous rendre visite plus par devoir que par envie. Leur mère les reçoit en les rendant responsables de son état. Souvent ils regrettent d'être venus. Elle n'aime pas leurs conjointes. Elle dit : « Leurs épouses les empêchent de venir me voir. J'ai tout fait pour qu'ils soient bien élevés, pour qu'ils soient reconnaissants. Ils ne sont plus à moi. Elles les ont accaparés. Elles les ont avalés. Les femmes marocaines sont terribles. Au début elles sont tout miel, dès qu'elles mettent le grappin dessus, elles changent, elles triomphent. Elles éliminent ; elles m'ont éliminée, pourtant je suis coriace, je ne suis pas née de la dernière pluie, je sais tout, je les ai vues venir. Résultat, mes enfants se préoccupent plus de leurs belles-mères que de leur propre mère. »

Je ne suis pas loin de lui donner raison, mais je ne le fais pas. Moi aussi je pensais qu'une fois retraité, mes enfants s'occuperaient de moi. Mais un jour j'ai eu une révélation, une évidence, quelque chose qui s'est imposé à moi avec une clarté terrible : nos enfants ne nous appartiennent pas. Cette vérité m'a fait mal. J'ai fait un mauvais calcul en pensant que ce serait tout à fait naturel qu'ils s'occupent de moi et de leur mère. Puis j'ai appris à admettre qu'ils ont leur vie, leurs problèmes et que nous sommes devenus des fardeaux. Je ne leur en veux pas. Ça me rend triste mais c'est ainsi. Quant à leur mère, elle est incapable de comprendre cette évidence.

Je me souviens d'un film japonais magnifique en noir et blanc où un vieux couple fait le voyage de Kyoto à Tokyo pour voir leurs enfants. C'est un film des années cinquante. Je crois qu'il s'appelle *Voyage à Tokyo*. Il correspond tout à fait à notre réalité marocaine. Quand le couple retrouve ses enfants il se rend compte qu'ils se sont détachés d'eux. Il en souffre. Je fais aujourd'hui le même constat.

Aujourd'hui, j'ai décidé de l'ignorer. Si elle passe devant moi, je ne la regarderai pas. Si elle me parle, je ne lui répondrai pas. Si elle hurle, je me boucherai les oreilles. Aujourd'hui, c'est une journée pour moi. Moi seul. Elle n'existera pas. Elle aura beau se démener, crier, faire la mourante, je ne broncherai pas. C'est décidé. Je pourrais m'enfermer dans la petite chambre de la cave qui me sert de bureau, mais elle est trop humide, je risque d'avoir mal aux articulations. Je resterai à ma place, devant ma télévision, je changerai de chaîne et je suivrai le débat sur la guerre au Yémen. Elle déteste la politique. Pas question pour moi de céder et de regarder ses séries libanaises ou égyptiennes pathétiques. Pour elle, la vie devrait être ce qu'elle voit sur l'écran. Des maisons décorées avec un goût douteux, des personnages maquillés à outrance, des femmes faites et refaites par la chirurgie esthétique. Cela fait longtemps que je n'ai pas suivi les informations du monde arabe. Je sais, je ne pense pas avoir raté grand-chose. Les Arabes se déchirent allègrement et ne cessent de tomber dans les pièges tendus par les Américains. C'est ainsi que la Palestine a été perdue, que l'Égypte est un navire à la dérive avec un dictateur aux commandes, que l'Arabie saoudite se fait dépouiller par les Américains et que le terrorisme au nom de l'islam ne cesse de se développer.

Parler politique était, dans le temps, ce qui m'intéressait le plus. J'aimais lire le matin les journaux et discuter avec des collègues du bureau. C'était bien la seule chose dont on pouvait parler. Tout en faisant mon travail, je commentais l'actualité. Ensuite on débattait pendant toute la pause déjeuner. Depuis que j'ai pris ma retraite, je ne trouve personne avec qui en parler. Surtout pas ma femme qui n'a aucune idée de ce qui se trame dans le monde. Avant ça ne me gênait pas, elle avait son univers, j'avais le mien et nous cohabitions dans une petite solitude qui me pesait de temps en temps sans que cela tourne au drame.

Il lui arrive de m'arracher des mains le journal que je lis et de me rappeler qu'elle est là et que je dois respecter sa présence. Je lui donne raison, je ramasse le journal, je le plie et je lui propose de jouer aux cartes. Ça l'énerve encore plus. Elle crie : « Jouer aux cartes ? Et pourquoi pas à colin-maillard ? » D'où elle sort cette histoire de colin-maillard ? Elle a dû voir ça à la télé.

Si un matin je ne m'inquiète pas de l'évolution de ses maladies (elles sont diverses et nombreuses et surtout imaginaires) elle se fâche et me punit : « Aujourd'hui, puisque tu m'ignores, je ne ferai pas la cuisine, tu n'as qu'à aller chez Abdelmalek manger un sandwich. »

Abdelmalek a été le premier Marocain à introduire à Tanger le sandwich. C'était au début des années soixante. Son sandwich était fameux parce que généreux, bon et varié. Des familles entières faisaient la queue pour manger le sandwich Abdelmalek.

Elle sait que je déteste les sandwichs. J'aime me mettre à table, manger tranquillement et ne pas être pressé. Pour moi c'est un moment important.

Je n'arrive pas à savoir à partir de quand notre vie est devenue infernale. Certes, il y a eu la tragédie, mais elle date de plusieurs années.

7

MALIKA

Je garde un joli souvenir de notre mariage. L'été 1985 était particulièrement doux. Pas de grosses chaleurs, pas de vent d'est. La famille de Mourad n'était pas nombreuse ni trop exigeante, ce qui arrangeait bien mes parents. Mon père tenait son carnet rouge entre les mains où il notait toutes les dépenses. Il s'était fixé un budget et devait tout faire pour ne pas le dépasser. Il cherchait même à réaliser quelques économies. Ma mère était de son avis, même si parfois elle voulait sauver les apparences. La petite fête s'est bien passée. Les cadeaux étaient de qualité. L'associé de mon père nous a offert un réfrigérateur. Mon mari était heureux et assez intimidé. Le premier soir, il retira ma robe avec délicatesse, me caressa longtemps. Je sentais chez lui une sorte de peur, la même sans doute que la mienne. Nous étions sans expérience, moi vierge, lui, j'imaginais qu'il avait dû avoir quelques relations avec des bonnes ou même des prostituées. Apparemment, il était assez doué. Ses caresses étaient douces. Il prit le temps de découvrir mon corps, l'embrassa longuement et me chuchota des mots doux comme ceux que j'entendais dans certaines chansons égyptiennes. Avant le moment fatidique, il était nerveux puis il me pénétra, je poussai un cri.

Le sang avait coulé sur les draps. Nous étions rassurés. Moi, je savais que je n'avais rien à craindre. Aucun homme ne m'avait approchée. Lui, il n'en faisait pas une affaire. Il me dit même : « Ils vont être contents ; leur honneur est sauf ! »

Le lendemain matin, ma mère récupéra les draps en poussant des cris de joie. Ma virginité, mon honneur, leur honneur. Tout était sauf et la nouvelle vie pouvait commencer. J'entendis des youyous et des glorifications de notre prophète. Tout allait bien. L'épouse était irréprochable. Le mari était un homme. La fête pouvait continuer.

Pendant que Mourad était sorti pour se rendre au hammam, les femmes de la famille me rendirent visite et me posèrent des questions très gênantes. Une cousine me demanda la taille du sexe de mon mari, une autre me murmura à l'oreille pour savoir s'il m'avait léchée. Leur curiosité était sans limite. Ma mère ne fut pas plus délicate. Elle me posa carrément la question : « Est-il bien motivé ? Et est-il un vrai homme ? » Par pudeur je ne répondis pas. Je lui dis juste qu'elle n'avait pas de souci à se faire. Une de mes tantes, connue pour son franc-parler et aussi pour sa vulgarité, me dit : « Il t'a bien… » Ma mère lui mit la main sur la bouche, devinant ce qu'elle allait demander.

Les premiers mois nous habitions chez mes parents. Tout se passait à merveille. Nous étions amoureux et nous n'en parlions pas.

Ma mère m'avait appris à faire de la couture. Je m'étais spécialisée dans le caftan traditionnel. Grâce aux relations familiales j'avais des commandes. Mon mari était comptable dans la société de l'associé de mon père. Il était sérieux et apprécié. Je tombai enceinte trois mois après notre mariage. Je me souviens de la joie de Mourad. Il chantait, dansait, tapait des mains.

L'amour est arrivé lentement, ce ne fut pas un coup de foudre. Je me disais : « On apprendra à vivre ensemble, peut-être à nous aimer, ou alors ce sera un désastre qu'il faudra assumer jusqu'au bout. » Dans la famille, on ne divorce pas, c'est ainsi, un constat, un principe ; on va jusqu'au bout, même si c'est un enfer ; à moins que lui décide de me répudier parce que je n'arriverais pas à lui donner un fils, ça se passe comme ça depuis toujours.

Ma mère m'avait prévenue : « Tombe vite enceinte » et elle avait ajouté avec une pointe d'ironie : « Ensuite tu l'alourdis, tu te fais faire trois ou quatre enfants, comme ça, il sera coincé, il ne pourra pas bouger, et tu le gardes pour toujours. Je te répète là ce que ma mère et ma grand-mère m'ont dit quand j'ai épousé ton père. Tu sais bien que dans ce pays, la femme n'a pas de droits, alors elle impose ses choix et elle se débrouille avec ce que la vie lui donne ! »

Alourdir ! Je n'avais pas aimé le mot. Un fardeau, un poids lourd, c'est rien d'autre que ça avoir des enfants ? J'ai suivi cependant ses conseils...

Quand nous étions à peine fiancés, Mourad et moi avons fait une folie. Comme je l'ai dit, nos relations étaient très encadrées et mes parents me laissaient seulement sortir avec lui le vendredi, après la prière. La plupart du temps, nous nous promenions le long de la corniche, avenue d'Espagne, nous mangions des glaces à la Valenciana et puis il me ramenait juste après à la maison. Mais un jour, il m'a dit que nous allions passer un moment chez un ami à lui. Je compris qu'il n'en était rien quand il poussa la porte d'une pension espagnole en bas du boulevard Pasteur. Il donna un billet au concierge qui lui remit une clé. Je refusai de le suivre. Pas question pour moi de me retrouver seule avec lui dans une chambre d'hôtel. On voit ça dans des films, mais je ne suis pas une actrice, d'ailleurs, pour faire ce métier, il faut être un peu pute. Il me tira par le bras, me supplia en me disant que c'était juste pour boire tranquillement une limonade. Je finis par céder. Une fois dans la chambre aux volets fermés, il me prit par la taille, et là j'avoue que j'eus une sorte de vertige, je faillis m'évanouir, je sentis son sexe dur et je fus inondée de désir, je ne savais plus où j'étais ni ce que je faisais. Je gardai cependant ancrée en moi l'idée de rester vierge jusqu'au mariage. Il souleva ma robe et me caressa entre les cuisses. Je le repoussai de toutes mes forces tout en ressentant un plaisir inouï. Ce fut une lutte inégale où, d'un côté, je l'empêchai d'aller plus loin et, de l'autre, je résistai pour ne pas succomber à un désir satanique. C'était étrange et en même temps assez jouissif. Je criai et là il se dégagea et se confondit en excuses. J'arrangeai mes vêtements ; je vis tout d'un coup une tache au niveau de sa braguette. Au moment de sortir de la chambre, un homme habillé en gris, chemise au col élimé, cravate mal nouée grise ou marron, je ne sais plus, sortit son portefeuille dans lequel il y avait sa carte de policier. Il s'adressa à Mourad :

— Qui est cette femme ?

— Ma fiancée.

— Tu as le contrat de mariage ?

— Non, mais on vient juste de faire les papiers, on prévoit de se marier cet été.

— Ah, bon, et tu penses que je vais avaler cette histoire ? Tu sais que l'article 490 interdit les relations sexuelles en dehors du mariage consommé ?

— Non, je ne savais pas.

— Tu te fous de moi. Allez, tous les deux au poste.

Je me mis à pleurer tout en le suppliant de nous laisser partir.

— Je fais mon travail. Nous avons été alertés par d'honnêtes gens ; vous faites honte à la société. Vous savez combien d'années de prison vous encourez ?

Mourad dit tout d'un coup :

— On peut s'arranger.

— Ah bon ! Comment ? Vous allez raconter au juge que vous étiez en train de vous promener dans le jardin public. Non, ça ne se passera pas comme ça.

Mourad sortit de sa poche tout l'argent qu'il avait, deux ou trois billets de cent dirhams. Il y eut un silence, un long silence où je retins ma respiration. La honte. Je vis des plaques rouges sur le cou de mon fiancé. Le policier fit mine de réfléchir, il regardait les billets, tournait la tête, puis, comme un voleur, s'approcha de Mourad et les lui arracha en un mouvement brusque et violent.

— La prochaine fois, faites ça chez vous ! Votre impatience vous perdra.

Puis il disparut. En sortant de la pension, Mourad jeta un regard rageur au concierge puis nous partîmes en courant.

Oui, j'étais impatiente. Je passais mon temps à rêver du moment où je me donnerais à mon homme en toute légitimité. Ce fut notre dernière sortie du vendredi. Il m'écrivait des poèmes d'amour assez touchants, tantôt en arabe, tantôt en français. J'étais incapable d'écrire des vers aussi beaux. Mon niveau scolaire ne dépassait pas le brevet. J'avais arrêté le collège à cause de mes parents qui s'inquiétaient tout le temps pour moi. Nous n'étions que trois filles dans une classe de trente élèves. Cette mixité inquiétait mon père. Quant à ma mère, elle était désolée de me voir abandonner les études mais elle n'allait pas s'opposer à une décision prise par son mari.

8

SAMIA

13 octobre 2000

Mes deux frères veulent que je joue avec eux. Je n'ai aucune envie de jouer. Je ne suis plus une enfant, du moins c'est ce que je ressens. Il m'arrive de me demander d'où vient cette gravité. Je ne suis pas insouciante, je ne suis pas comme les autres, en classe, sans faire d'effort j'ai les meilleures notes, ce qui me vaut des jalousies absurdes, je n'ai jamais joué à la poupée, je trouve la Barbie ridicule, je vois le monde tel qu'il est, pas très beau, et en même temps je n'arrive pas à désespérer de voir un jour mes parents vivre en paix, heureux et épanouis.

Mes rêves ne sont pas fabuleux. Je les cantonne dans une catégorie que j'appelle « le possible ». Je ne rêve pas d'aller sur la Lune ni de rencontrer « le prince charmant ». C'est quoi cette histoire de prince ? Le charme n'est pas donné systématiquement aux princes.

Je rêve par exemple de grandir dans un environnement paisible. Je ne supporte pas la pauvreté qui se manifeste partout dans la ville. Trop de mendiants, trop d'enfants abandonnés, trop d'injustice. Ma mère me dit que c'est la volonté de Dieu ; on n'y peut rien ! Dieu a bon dos. J'ai compté l'autre jour, de la maison au collège il y a sept mendiants dont deux femmes avec chacune un bébé exhibé pour faire pitié.

Et je sais que la poésie n'y pourra rien. Je me réfugie dans les mots pour ne pas souffrir à la vue de ce spectacle. Mon père ne cesse de me rappeler que je suis une enfant précoce. C'est ce que j'appelle « ma gravité ».

J'ai aperçu tout à l'heure l'homme qui m'a offert un stylo. Je lui ai souri. Il m'a tendu un journal en me disant : « Un jour, peut-être, tes poèmes seront publiés sur la première page ; un jour. Pour le moment, travaille, les mots sont dangereux, il faut les dompter… » Je l'ai remercié et suis partie presque en courant.

Journal de poésie est une grande feuille pliée en deux. Je parcours les textes publiés. Rien d'extraordinaire. Je ne comprends pas pourquoi des photos de ces jeunes poètes accompagnent leurs poèmes. Ce sont surtout des filles. Je suis surprise d'y trouver le portrait de Ghizlane, ma cousine. Je ne savais pas qu'elle écrivait des poèmes. Je les lis et les relis. Je les trouve confus et un peu naïfs. Ghizlane est une jolie fille, mon aînée de deux ans. Je sais que ses parents se plaignent de ses sorties fréquentes. Très tôt elle a eu le droit d'avoir un copain. Mes parents ne l'accepteraient pas. J'ai essayé une fois de la défendre auprès de mes parents, mais je n'ai entendu que des jugements sans fondement. Ma mère la soupçonne même d'avoir une relation avec un homme marié. Elle a appris ça au hammam, véritable chambre d'écho de la ville. Ici, on vit en pensant tout le temps à ce que pourraient dire les gens. L'opinion des autres sur soi est une obsession. On a peur d'être montré du doigt, d'être visé par des insinuations d'ordre sexuel.

Le fils de notre voisine a été arrêté par deux hommes en civil se proclamant de la police. Il est en terminale. Ma mère me dit : « Il fait de la politique ; dans ce pays, faire de la politique ça veut dire ne pas aimer notre roi bien-aimé ! » Elle parle de Hassan II qui n'a jamais daigné visiter Tanger.

Ses parents n'ont aucune nouvelle de lui. Ils craignent une disparition programmée, comme cela arrive souvent pour des opposants. Mais lui, c'est un gamin, même pas dix-sept ans. La police dit qu'elle le recherche. Elle affirme que ce n'est ni la police ni la gendarmerie qui l'ont arrêté.

Je pense souvent à lui. Je me dis : « Et si un jour, sa disparition est confirmée ? Quelle horreur ! » Un matin, il a réapparu, l'air de rien, ne voulant pas dire où il avait été. Je pense qu'il a été mêlé à des problèmes de drogue.

Mon père en a profité pour me faire la leçon :

« Écoute ma fille, ici nous sommes dans un pays où tant que tu ne t'occupes pas de politique, tu vis bien ; mais si un jour tu décides de te rebeller, de t'opposer à notre roi bien-aimé, là, tu fais de la politique, et chez nous, faire de la politique, ça veut dire que tu te mets en dehors de la société et là, ça se passe très mal, alors travaille bien en classe et ne t'occupe pas du reste. Les pauvres ? Il y en a toujours eu, alors tu ne vas pas changer la face du monde. » Je lui fis remarquer qu'il parlait d'une époque révolue. Je lui rappelai que le nouveau roi allait changer tout ça. Il était jeune, il était beau, il était déterminé, il était surtout un homme moderne. Mon père soupira et me dit en riant : « Tu es amoureuse… »

Changer la face du monde avec du sable et des mots
Escalader la montagne à reculons
Mais cette vie est pleine de trous
Des puits de cendre et des trappes
Je marche les yeux ouverts
Parce que je sais que l'homme est bon
Et il dort si mal…

9

MOURAD

Je suis un homme contrarié. Je sens parfois que je suis même blessé. Ma faiblesse face à Malika a fait de moi une moitié d'homme. Si aujourd'hui je suis dans cet état, si nos liens sont devenus toxiques c'est principalement de ma faute.

Quelques mois après notre mariage, à la faveur d'un concours lancé par le ministère de l'Équipement, je quittais la société de l'associé de mon beau-père et intégrais l'administration publique. Je suis devenu un fonctionnaire sérieux, respecté et même jalousé. Mon salaire n'était pas mirobolant mais il m'assurait une stabilité. Malika avait appuyé ce changement. Je croyais au début qu'elle pensait, comme moi, qu'il valait mieux être fonctionnaire de l'État qu'employé dans une société dont l'avenir n'était pas assuré. Mon salaire était nettement supérieur au ministère, ce qui lui faisait plaisir. Nous avons quitté la maison de ses parents et notre nouvelle vie était assez satisfaisante. Malika faisait des caftans, et moi j'occupais un bureau avec deux autres collègues dont l'un s'aspergeait tous les matins d'un parfum qui nous donnait la migraine. Avec un peu de diplomatie, nous avions réussi à le lui faire changer mais nous n'avions pas pu l'empêcher de fumer en notre présence.

Des rumeurs circulaient avec insistance en ville, qui disaient que le bureau 9, celui où j'étais affecté, était « le bureau du café ». Il faut que je vous explique. Nous n'avions évidemment pas de machine à café. Mais pour suggérer la corruption, les gens disaient « ils aiment beaucoup le café », certains ajoutaient « café fort et trébuchant ». Je ne comprenais pas au début comment un café pouvait être trébuchant. Mes deux collègues se moquèrent de moi et de mon intégrité qui leur paraissait étrange. Le trio ne pouvait pas bien fonctionner parce que j'étais le grain de sable qui enrayait la machine. J'étais ainsi, mon éducation, ma morale, mon éthique, mon caractère ne laissaient aucune place à la corruption. J'étais fier d'être d'une honnêteté redoutable. Au début, mes deux collègues montraient de la patience, ce qui fit dire à l'un d'eux : « Nous sommes passés par là ; tu verras, tu y viendras comme tout le monde ; pour le moment tu joues au héros, on te laisse venir… » L'autre disait : « Mais d'où tu sors ? Tu n'es quand même pas suédois ! » Et ils éclataient de rire, un rire hideux, satisfait, dérangeant.

Je haussais les épaules et je faisais mon travail. L'ambiance devenait de plus en plus désagréable. Le type au parfum doublait les doses pour me mettre encore plus mal à l'aise. J'ouvrais la fenêtre pour aérer. Il la refermait. Son complice refaisait des commentaires désobligeants afin de m'énerver ou de me faire plier. Je résistais. Je n'en parlais à personne. Mon supérieur hiérarchique me convoqua un jour pour me demander de faire preuve d'un peu de marocanité. Je le regardai, ébahi.

— C'est quoi cette histoire de marocanité ? Je ne suis pas algérien...

— Tu me comprends, mais comme tu es une personne bien élevée, tu refuses d'admettre la réalité.

Comme je maintenais ma position, il m'expliqua les choses :

— Un peu de souplesse, mon ami ; sans la souplesse, tout le monde mourrait de faim. Tu crois que le salaire de l'État nous permet de vivre décemment ? Quel est ton salaire ? Tu dois être à l'échelle 3, tu es marié, j'imagine que tu as des enfants ou que tu ne vas pas tarder à en avoir, alors réfléchis... lis entre les lignes...

Je le saluai et repartis l'air abattu. Évidemment, je savais tout cela, mon père nous en parlait tout le temps. Je venais de terminer mes études. J'avais fait une demande pour avoir un passeport. J'avais rempli un tas de paperasses et au moment de déposer le dossier, mon père m'avertit :

— Mon pauvre ! Tu crois qu'ils vont te délivrer un passeport pour tes beaux yeux ? Laisse tomber. Nous n'avons pas les moyens d'avoir un passeport. Pour avoir l'extrait de ton acte de naissance, j'ai dû glisser un billet au type, qui me l'a donné immédiatement. Mais pour un passeport, le tarif est beaucoup plus élevé, ça va chercher dans les… Je préfère ne pas envisager cette possibilité. Laisse tomber, tu voyageras dans ton pays, le Maroc est beau et il y a tant de choses à y découvrir.

J'ai dû attendre une année entière pour obtenir mon passeport. J'étais content, je n'avais corrompu personne. Mais, pour se venger, le fonctionnaire y avait glissé plusieurs erreurs sur mon nom, ma date de naissance et même sur les prénoms de mes parents. Je ne m'appelais plus Mourad mais Marad, le prénom de mon père avait été écorché, Hassan était devenu Hussein, et celui de ma mère, Foutaima au lieu de Fatma ; quant à la date, le type m'avait vieilli de deux ans !

Je vécus ainsi avec un vrai faux passeport longtemps. C'était le prix à payer dans ma lutte obstinée contre la corruption.

Mes deux collègues décidèrent de changer de tactique. Ils étaient devenus mielleux, prévoyants, ce qui m'agaçait. Ils avaient besoin de ma signature au bas de certains dossiers. Je prenais mon temps pour étudier sérieusement les éléments en présence. Souvent il manquait un ou deux documents. Je refusais de signer tant que ces papiers n'avaient pas été fournis. Mes collègues fermaient les yeux. Pas moi.

Quand je rentrais à la maison, au début je me

confiais à Malika. Je remarquais qu'elle m'écoutait à peine. Je ne comprenais pas son attitude. Un jour, elle jeta mes chaussures à côté de la poubelle en criant :

— Il y a un trou dans la semelle.

— Oui, je sais, je pensais les donner au cordonnier.

— Le cordonnier ne pourra pas les réparer ; il te faut de nouvelles chaussures ; mais pour cela, ton salaire n'est pas suffisant. Je ne parle pas pour moi, heureusement que j'ai la couture pour m'acheter mes produits de beauté, mais on ne peut pas continuer à vivre comme des pauvres.

— Même avec mon nouveau salaire nous sommes pauvres !

— Eh bien moi, je refuse, je refuse de vivre dans cette misère. Je hais les pauvres. Et je te le dis tout net, s'ils sont pauvres c'est de leur faute. Et ça s'applique aussi à toi.

— Que proposes-tu ?

— Ce que je propose ? Mais enfin ouvre les yeux, d'où tu sors ?

Je compris ce jour-là combien ma solitude allait être immense. Que les collègues du bureau enragent parce que je ne jouais pas le jeu, c'était normal, mais que mon épouse leur donne raison, c'était un comble !

Je répétais ce mot, « un comble », comme si je cherchais à m'apaiser. Elle m'entendit :

— C'est quoi cette histoire de comble ? Je ne suis pas un comble, tu m'entends, je suis d'une bonne famille et bien plus éduquée que toi ! Alors pas d'insulte en murmurant dans ta barbe.

C'était l'époque où je m'étais laissé pousser la barbe pour faire viril.

Nous attendions notre premier enfant. Je faisais des efforts pour être agréable, prévenant, attentif. Elle était tout le temps de mauvaise humeur. Je ne lui en voulais pas, j'essayais de temps en temps de faire de l'humour. Un jour elle me hurla au visage :

— Je n'ai aucun humour, je ne suis pas hypocrite, moi !

Le soir, je m'approchai d'elle pour faire l'amour, elle me repoussa :

— Commence par raser cette barbichette ridicule.

Ce que je fis sur-le-champ.

Le lendemain, mon ministre de tutelle, ministre des Travaux publics et de l'Équipement, vint inspecter notre bureau. Il portait des gants blancs. Je trouvais cela étrange. À un moment, lorsque le gouverneur est arrivé, il les a retirés pour le saluer. Là, j'ai vu ce qu'il cachait. Il avait un vitiligo, des taches blanches et d'autres roses. Quand il partit j'en parlai à mes collègues. Ils se mirent à rire. L'homme du parfum frelaté donna une explication :

— Son poste est connu pour le café. Comme sa conscience le tiraille, le met dans des situations scabreuses, cela se traduit chimiquement par l'apparition de ces taches qui le font passer pour une vache.

Son collègue, trouvant que ce n'était pas assez clair, intervint :

— Il est comme toi. Au début il n'acceptait pas la réalité, et puis il est rentré dans le rang. Ici, les rangs, le normal, c'est l'enveloppe glissée dans un bouquin de cuisine ou un livre de poche que personne ne lit. Fais gaffe, si tu ne changes pas d'attitude, tu auras comme lui une belle peau de vache !

10

MALIKA

J'aime mon mari mais je ne sais pas le lui dire ni le lui montrer. Oui, il m'a énervée lorsqu'il affirmait qu'il était intègre et que jamais de sa vie il ne toucherait un centime sale. Mais ce qu'il ne savait pas ou qu'il ne voulait pas admettre, c'est qu'il était le seul à tenir à cette intégrité qui a perdu son sens dans un pays où la corruption est devenue une économie parallèle et indispensable. Nos enfants sont allés à l'école publique. J'aurais aimé pouvoir leur payer des études dans un établissement privé. Mais Mourad résistait. Il faisait les devoirs avec eux et ne tarissait pas d'éloge sur le service public.

À cause de son manque de souplesse nous arrivions difficilement à joindre les deux bouts. Il disait : « Je suis honnête dans un milieu de corrompus ; je suis honnête parce que cela me permet de bien dormir. »

Pendant ce temps-là, nous manquions de tellement de choses. Je lui en voulais et j'avoue avoir eu des fois envie de le frapper. Oui, le battre parce qu'il était têtu et en dehors de la réalité. En principe mon éducation aurait dû me conduire à le féliciter et à le soutenir dans sa lutte contre la pourriture qui gangrène le pays. Mais je suis réaliste. Ainsi, le jour où ma cousine a acheté une ceinture en or traditionnelle, j'en eus les larmes aux yeux. Je savais ce que gagnait son mari, je savais qu'il touchait de l'argent en tant que juge. Tout le monde le savait. On parlait même de ses tarifs. Il avait engagé une espèce de courtier qui contactait les clients et leur proposait d'arranger leur affaire moyennant une certaine somme d'argent. Lui n'apparaissait pas dans la transaction. Personne ne pouvait le soupçonner ni l'accuser de toucher de l'argent. Bien sûr que, sur le plan moral, je condamnais ces pratiques. Mais mon mari n'était pas un juge, c'était un petit comptable qui devait apposer sa signature sur des documents qui autorisaient les gens à construire leurs biens. Je lui disais qu'il n'allait faire de mal à personne. Alors que le juge privait des innocents de justice. C'était très différent.

Il y a eu de l'amour entre nous. Les premières années, nous nous entendions bien la plupart du temps. Il était doux et j'étais tendre. Il était attentif et j'étais aux petits soins avec lui. Il était élégant et j'étais belle parce que nous étions amoureux l'un de l'autre. Il ne rentrait jamais les mains vides. Toujours une fleur, quelques fruits, un bijou de rien du tout, un tissu.

Quand je lui ai appris que j'étais tombée enceinte, il était fou de joie. Il se mit à genoux et embrassa mon ventre. Je remarquai des larmes sur ses joues. Je me souviens la nuit où j'eus envie de banane. Une envie de femme enceinte ne peut pas attendre. Il sortit à deux heures du matin et revint une heure plus tard avec un kilo de bananes.

Mourad était un homme magnifique. J'étais bonne et je faisais tout pour que notre bonheur fût éclatant et durable.

11

MOURAD

Bonne nouvelle. Malika, malgré son état, a accepté d'aller préparer le trousseau de mariée d'une nièce qu'elle aime beaucoup. Je vais pouvoir profiter d'une journée et peut-être même d'une nuit de paix. Une tranquillité inespérée. Je pourrai me reposer et surtout faire tout ce qui me passe par la tête sans entendre ses commentaires acerbes. Comme un enfant le jour de son anniversaire, je me mets à faire mentalement la liste de ce que je vais entreprendre. Du fait de son départ, je me sens mieux et la maison aussi se repose. Les murs et les meubles, les plantes et les tapis, tout semble en bon état. Je remercie cette nièce qui a eu l'idée géniale de me donner une journée de congé, une journée de permission, comme un prisonnier qui obtient une sortie pour bonne conduite.

Vers dix heures, Malika s'est habillée, a mis sa djellaba et a attendu que sa sœur vienne la chercher en voiture car elle habite à la Vieille Montagne. Dès qu'elle a sonné à la porte, mon cœur a fait un bond et je me suis mis à sourire comme un idiot.

La première chose que j'ai faite a été de manger. Je me suis installé à la cuisine, j'ai ouvert le frigo et sorti tout ce qui me faisait envie. J'ai mis des tranches de pain dans le grille-pain et défait un paquet de beurre. J'adore manger du pain chaud avec du beurre. Je sais, c'est mauvais pour le cholestérol. Un point de plus ou de moins dans le taux de cholestérol ne m'importe plus. Je me suis fait un bon café. J'ai humé l'odeur et me suis senti heureux.

Ensuite, j'ai fait une petite toilette, j'ai changé de sous-vêtements ainsi que de chemise. J'ai sorti mon vieux complet que je mets dans les grandes occasions. J'ai noué la cravate Hermès que m'avait offerte la femme d'un promoteur immobilier qui était allée à Paris, puis je me suis installé dans le salon après avoir ouvert les fenêtres. J'ai sorti un cigare que j'avais caché il y a longtemps et je l'ai allumé. J'ai fumé dans le salon avec un plaisir extraordinaire. Je me suis versé un peu de cognac et j'étais aux anges. Mes douleurs avaient disparu. Ma fatigue aussi.

Après un moment, j'ai consulté mon agenda et décidé d'appeler Zoulikha, mon premier amour, mon premier et dernier amour. Nous devions nous marier, mais son père avait tout fait pour nous séparer. J'étais encore étudiant et je n'avais pas de situation. Comment oublier ce jour où nous nous sommes enfuis ensemble et où nous avons passé la nuit dans un hôtel à Ceuta.

Le lendemain matin la mère de Zoulikha était venue chercher sa fille, et m'a menacé de porter plainte à la police pour détournement de mineur. J'avais juste un an de plus qu'elle et j'étais moi aussi mineur...

À cause de notre histoire, sa famille a quitté Tanger et je n'ai plus eu de nouvelles de Zoulikha.

J'ai su seulement plus tard qu'elle s'était mariée avec un homme d'affaires de Nador, probablement un trafiquant de kif, qu'elle avait eu trois enfants et qu'elle avait pris du poids. Devenue veuve assez tôt, elle s'était remariée avec un colonel de l'armée qui travaillait dans les provinces du sud du Maroc.

Aux dernières nouvelles, elle avait divorcé et s'était installée dans la maison de ses parents à Tanger.

Ma main a tremblé au moment où j'ai pris le combiné et composé l'ancien numéro. J'étais sûr qu'il n'existait plus et que personne n'allait répondre. Je tentai le coup. À la troisième sonnerie, une voix familière a répondu :

— Qui est là ?

— C'est moi.

Un silence suivi d'un éclat de rire dont elle avait le secret. Moi aussi je me suis mis à rire. Plus de quarante ans après notre séparation, nous avions la même envie de rire et de nous parler. Nous avons échangé quelques banalités puis elle m'avoua que comme moi elle était obsédée par notre nuit à Ceuta.

— J'ai repensé souvent à ce voyage, la soirée puis la nuit dans cette ville marocaine occupée par l'Espagne.

Tu sais j'ai pas mal vécu, mais les parfums, les rires, les mots de cette nuit-là n'ont rien de comparable.

— Moi aussi, comme je m'en souviens ! Le film de notre fuite je me le suis repassé mille fois et j'aime m'en souvenir dans ses moindres détails. Comme le goût de cette tortilla que nous avions mangée sur la plage. Et puis je revois ta mère le matin à la réception de l'hôtel, et moi devant elle, tremblant, essayant de lui expliquer que nous nous aimions. Elle avait répondu, très énervée : « C'est quoi cette histoire d'amour ? Vous vous croyez dans un film ? »

Soudain j'ai senti un silence au bout du fil. Zoulikha a bredouillé :

— Mourad, merci de m'avoir appelée.

— Ne raccroche pas, nous avons tant de choses à nous dire…

— Oui, mais je dois raccrocher, c'est l'heure de la prière.

J'étais surpris et déçu. Elle était devenue croyante, elle qui critiquait toutes les religions, qui s'habillait souvent de manière provocante, elle, la rebelle, la belle et superbe amoureuse de l'amour et du sexe, devenue musulmane pratiquante ! Je n'en revenais pas. En reposant le combiné du téléphone, je suis resté prostré, comme hébété, incapable de retrouver ma bonne humeur. Une forte émotion m'a envahi. J'ai ressenti des maux de ventre terribles. Le choc d'entendre son rire suivi par l'appel à la prière.

J'ai refermé les fenêtres, j'ai vidé le cendrier, ai

enlevé mon costume, me suis mis en pyjama et je me suis réinstallé dans mon vieux fauteuil pour regarder la télévision. Il y avait un imam qui hurlait contre les hommes et les femmes qui s'écartent de la vertu. Il avait un visage d'une laideur insupportable, le genre qui doit être vicieux et qui fait tout en cachette. Il se croyait face à un auditoire docile et bienveillant. Il m'énervait. J'ai éteint la télé, pris un vieux journal qui traînait et lu des informations qui n'avaient plus aucun intérêt.

Les souvenirs sont méchants. Je ne sais pas où ils vont se nicher ni comment ils ressurgissent pour nous rappeler qu'ils ne sont que des pétales ou de la rosée qui s'évanouit dès qu'on ouvre les yeux. C'est pour cela que je déteste la nostalgie, même si l'envie d'y céder survient de temps en temps.

Il y a dans notre sous-sol un miroir assez ancien, acheté au marché aux puces de Tétouan. Il aurait appartenu à une famille juive qui, du jour au lendemain, avait décidé de partir en Israël. C'est le vendeur qui m'avait raconté leur histoire. Le Maroc a perdu ses juifs et c'est une immense perte. Ils ont quitté leur pays, leur terre, leur maison pour aller refaire leur vie dans un État qui les a si mal accueillis. Quand j'y pense, je me sens triste parce que nous avons été amputés d'une part importante de notre culture et de notre patrimoine.

C'est pour ces raisons que j'aime particulièrement

ce miroir. Je le regarde et me demande combien de souvenirs il a emmagasinés. Il a été le témoin de tant de scènes et de fêtes. Je l'interroge et j'imagine sa mémoire se vider à mes pieds. J'ai l'impression que le miroir pleure. Mais c'est moi qui ai les yeux embués de larmes. Je ne sais plus si ma tristesse vient du miroir ou du coup de téléphone. Mon regard va de l'un à l'autre et je sens monter en moi l'envie de me couvrir d'un drap et de m'endormir comme si j'étais en Toscane, l'été, sous un figuier à l'ombre généreuse. Mes maux de ventre me font me lever plusieurs fois pour aller aux toilettes.

J'ai mal au dos. J'ai du mal à me lever. J'ai envie d'aller me promener le long de la corniche et prendre un thé au Continental qui n'a pas changé. Peut-être mes souvenirs s'effaceront-ils une fois assis sur une banquette bancale, face au port ? Peut-être verrai-je au loin apparaître le trois-mâts du *Hollandais volant* ? Non, finalement, je vais écouter John Coltrane. Avec lui, je m'envole et il m'emmène vers des cieux plus cléments que ceux promis par les religions. Coltrane fait partie de ces êtres exceptionnels, venus au monde pour soulager la tristesse des hommes puis qui s'en vont brutalement. Il est mort en 1967, à quarante et un ans.

Il m'arrive de revoir de temps en temps *Pandora*, où Ava Gardner joue une femme fatale. Tout homme qui en tombe amoureux finit par perdre la vie de manière tragique. À la fin du film, fatiguée de ce destin morbide, elle plonge dans la mer et nage en direction d'un bateau qui l'attend au large, bateau dont le capitaine n'est autre que celui que la légende appelle *Le Hollandais volant.* La légende dit : « Il est autorisé à vivre une vie humaine six mois tous les sept ans. Cette malédiction ne sera levée que si une femme acceptait de mourir pour lui par amour. »

J'aime m'identifier à ce capitaine énigmatique, moi qui ne sais pas nager et qui ai tant peur de l'eau. C'est ainsi, on a les fantasmes qu'on peut.

Malika est revenue tard le soir. Je l'ai entendue se plaindre comme d'habitude. Personne ne trouvait grâce à ses yeux. Elle disait que sa nièce avait grossi et que son fiancé était assez joli garçon. Elle a parlé d'argent. Je n'ai rien compris à ce qu'elle disait. Je suis loin, je suis ailleurs. Oui, en Toscane, où le vent est frais et où le sommeil arrive avec tant de douceur.

12

MALIKA

Samia est née en 1984, le premier jour du printemps. J'ai accouché à la maison. Hania, la sage-femme, est une amie de la famille. Tout s'est bien passé. Mon père avait acheté le mouton pour le baptême. Il avait noté dans son carnet le jour et l'heure de la naissance, puis, comme à son habitude, le poids et le prix du mouton.

Réunion réduite de la famille (ce que ma mère désignait par l'expression « premier cercle »). Nombre de nos proches n'avaient pas été invités. Mourad avait tenté de négocier avec mes parents. Il n'y avait rien à faire. Ils prétextaient le manque d'espace. La famille de mon mari organisa une autre fête quelques jours plus tard. Il y avait beaucoup de monde. J'entendis mon père faire un commentaire sur un ton moqueur : « Tant d'argent gaspillé ; il va falloir convaincre notre gendre d'être économe ; on ne sait pas ce que nous réserve la vie. »

Cette naissance a illuminé notre foyer. Le salaire de Mourad a été légèrement augmenté et son intégrité n'était plus un sujet de discussion. Quant à moi, j'avais renoncé à le pousser à accepter des enveloppes, même si, au fond de moi, je trouvais son attitude trop rigide. Trop occupée par Samia, j'avais mis de côté la couture des caftans. Nous manquions d'argent. Mourad se rendait bien compte que nous ne pouvions pas nous en sortir avec un seul salaire.

Un jour, il est arrivé, le visage crispé, nerveux, déposa sur la table de la cuisine une enveloppe. Je compris que sa résistance avait été battue par la réalité. Il y avait là des billets correspondant à la moitié de ce qu'il gagnait en un mois. Il me dit :

— C'est pour la petite, pour le pédiatre et aussi pour lui acheter des vêtements plus jolis, des trucs qui viennent d'Espagne.

Je ne dis rien, déposai l'enveloppe dans un tiroir et lui proposai un café.

— Non, ça m'empêche de dormir.

Il était dans un état pitoyable. Cela contrariait son éducation, ses principes. Il avait honte.

— Je ne pourrai plus me regarder dans la glace.

— Pour quelques billets ? Dis-toi que tu récupères ce que l'État ne te donne pas. Oui, mon ami, la corruption est une forme de récupération. L'État paye des salaires de misère et compte sur l'apport de ceux qui ont de l'argent pour atteindre un équilibre. Donc, tu n'as pas à avoir honte. Tu n'as rien fait de mal.

C'est le pays qui est ainsi. C'est lui qui suscite et encourage la corruption. Je crois même que le roi Hassan II l'a dit un jour dans un de ses discours en arabe dialectal. Lui-même donne des enveloppes à ses ministres. Il paraît qu'il leur dit : « Tiens, ça c'est pour acheter des cadeaux à ta femme et à tes enfants. » Je l'ai vu un jour à la télé faire un signe à un homme en blanc, lequel a tendu une enveloppe à un ministre, lui aussi en djellaba blanche. Je te dis et répète que c'est l'État qui a rendu la corruption légale et générale. Tu imagines bien qu'un juge qui touche à peine de quoi manger à sa faim va chercher à exploiter sa situation. Normal. Non ? Tu ne trouves pas que c'est normal ?

— Non, ce n'est pas normal. Tu sais bien que la pourriture engendre la pourriture. C'est pour cela que je me sens sale.

— Allez, va te laver, prends une bonne douche et je te prépare ton plat préféré.

Pendant quelque temps, Mourad se mit à lire le Coran le soir. Étrange. Il ne devait pas se sentir très bien. On aurait dit qu'il cherchait à se faire pardonner d'avoir rejoint la cohorte des corrompus au Maroc. Ils sont légion. Il n'y a pas un domaine où la corruption ne sévit pas. Même dans l'enseignement. Il y a évidemment plusieurs niveaux. Mourad était au niveau moyen, celui qui ne pèse pas lourd. Mais avec le temps et l'habitude, je ne doutais pas qu'un jour il atteindrait le bon niveau, qui nous permettrait enfin d'acheter une grande maison, une belle voiture, des bijoux et de beaux habits. Je ne désespérais pas de le voir y arriver assez vite. Il fallait juste qu'il dépasse cette mauvaise conscience qui le travaillait tout le temps. Il était coincé par ses tourments qui le rendaient malheureux. Mais ses collègues ne le voyaient pas comme ça. Ils étaient même épatés par ce qu'ils appelaient son « savoir-faire ». Il avait gardé en effet des traces de sa grande intégrité. Personne n'osait penser qu'il se faisait acheter.

Après la lecture du Coran, il fit des ablutions et pria. D'habitude il priait seulement durant le mois de ramadan. Il aimait observer à la lettre le jeûne et le retour sur soi dans des prières et méditations. Normalement, le ramadan est pour nous un mois à part. Nous nous glissons la tête baissée dans cette période qui nous rappelle que nous appartenons à Dieu et que nous lui sommes totalement dévoués. Donc, pas de disputes, pas de contrariétés, pas de cris.

J'aime la vingt-septième nuit où nous observons les étoiles, pensant que Dieu décide du destin de chacun. C'est un rituel qui nous apaise et nous fait tant de bien.

Mourad se tourna vers la religion parce qu'il venait de céder à des pressions afin de faire comme tout le monde et oublier ses principes. Il n'était plus le fameux grain de sable. Il était devenu un être quelconque. Il avait changé, et cela ne me dérangeait pas. Après tout il ne faisait rien de mal.

Après sa prière, il prenait Samia dans ses bras et lui

racontait une histoire. Il lui parlait comme si elle pouvait le comprendre. Samia était calme et ses petites mains s'agrippaient à la chemise de son père.

Quelques jours plus tard, je laissai Samia à ma mère et partis avec ma sœur faire des courses à Ceuta. Voyage long et tracas à la douane espagnole. Je voulais acheter des vêtements pour ma fille et profiter aussi de la période des soldes pour m'offrir une jolie robe.

Ce que j'aime à Ceuta, c'est une ambiance de liberté. Les femmes sont libres d'aller et venir, boivent du vin aux terrasses des cafés, fument et ont l'air heureuses. Des couples se promènent en se tenant par la main ; certains s'arrêtent et s'embrassent longuement. Personne ne les dérange, personne ne les insulte et bien sûr aucun agent de police ne leur demande s'ils sont mariés ou non.

Durant ce voyage je surpris plusieurs fois dans la rue de la ville la cousine de mon mari et son fiancé enlacés. Ils ne savaient pas comment s'excuser. Ils bredouillaient des mots, les joues rouges de honte. Nadia me prit à part et me supplia de ne rien dire à ses parents ni à personne. Je lui promis de garder ce secret pour moi et leur souhaitai un bon séjour.

En regardant la vie à Ceuta, je réalisais à quel point nous étions coincés et prisonniers, moi en particulier. La religion nous interdit d'être nous-mêmes. Nous sommes soumis à l'islam et nous obéissons à ses préceptes et commandements. C'est ainsi que j'ai été éduquée.

En rentrant, je récupérai ma fille et informai Mourad de ma rencontre avec sa cousine. Il trouvait cela normal. Je lui fis remarquer que lui et moi nous ne nous embrassions jamais en public. Il me dit : « C'est normal. » Je sus que cela ne l'intéressait pas et qu'il fallait passer à autre chose. Et « c'est normal ! ».

J'avais envie de faire l'amour, de fermer les yeux et de croire que nous étions à Ceuta, libres parmi des gens libres. Mais l'état de contrariété de Mourad était décourageant. Il ne digérait pas encore d'avoir cédé à la corruption. Je me dis qu'avec le temps, il finirait par s'habituer et même par y trouver du plaisir. Il aurait des projets et nous vivrions dans l'aisance et le confort. Non, pas de luxe, juste un peu de confort qui nous serait offert par un peu d'argent invisible.

13

SAMIA

20 octobre 2000

La maison est grande, trop grande. Ma chambre est au premier étage, elle est petite, elle me suffit. Celle des garçons est plus spacieuse. Mais j'aime ma petite chambre. C'est mon havre, mon monde, ma prairie, mon domaine, sans les chevaux, mon ciel, mon jardin. Quand je m'y enferme, je me retire du monde et je me sens bien. Je reste tranquille ou je voyage. Je ne sens plus la présence pesante de mes parents.

Je l'ai décorée avec peu de choses. La photo d'un coucher de soleil dans un pays lointain, la Birmanie, me semble-t-il. Une photo de moi quand j'avais deux ans. Un portrait de Barbara et un autre d'Oum Kalthoum. Deux divas que j'adore et que j'écoute souvent, surtout le soir quand j'ai du mal à m'endormir. Les chansons d'Oum Kalthoum durent chacune plus d'une heure. Je me laisse bercer par ces rythmes lents et lancinants. Souvent je m'endors avant la fin de la chanson. Barbara, c'est notre prof de français, Mme Lecourtier, qui me l'a fait découvrir, comme elle m'a fait connaître Éluard et Prévert. Elle me prêtait leurs livres. Je recopiais des poèmes et lui rendais ensuite les recueils. Elle m'a offert un CD avec presque toutes les chansons de Barbara. J'aime quand elle évoque la solitude, l'ennui. À moi aussi, il m'est arrivé que la solitude me fasse faire des nuits blanches et des matins blêmes et ramener l'hiver en plein été. J'aurais aimé l'avoir connue. Un jour Mme Lecourtier nous a fait écouter en classe *L'aigle noir* et nous l'a expliquée. Il était question de viol et d'inceste. Je ne connaissais pas ce mot. Elle nous a raconté que la base de la société c'est justement l'interdiction des rapports sexuels entre enfants et parents. J'étais choquée. Cette chanson me fait peur. Elle est imagée et surtout interprétée avec l'âme de la chanteuse. Depuis je déteste les rapaces et j'ai même parlé avec mon père de l'inceste. Il a levé les bras en l'air et m'a dit : « Ma fille, que Dieu nous préserve de cette ignominie ! C'est bien qu'on vous mette en garde à l'école, c'est bien, ma fille ! »

Je fais mon lit, je lave mon linge, je nettoie ma chambre, j'ouvre la fenêtre pour aérer. Il m'arrive de passer du temps à regarder les gens passer ; j'aime imaginer leur vie, leurs tourments, leurs moments de bonheur ou de détresse. J'ai vu un jour un homme, sans doute un paysan, frapper une femme, son épouse ou sa fille. Elle était très jeune et lui, bien plus âgé qu'elle. Il lui donnait des coups partout en l'insultant, la traitant de pute, de fille d'adultère, fille de Satan. Les gens s'arrêtaient et n'essayaient pas d'intervenir. J'ai hurlé. Personne n'a fait attention à mon cri. Finalement, la femme a pris la main qui l'avait battue et l'a embrassée. Elle devait lui demander pardon.

Une autre fois c'était une mère qui a giflé son enfant. Le gosse a pris la fuite et la mère s'est mise à pleurer. J'aime aussi suivre des yeux une vieille dame qui sort marcher, accompagnée d'une femme qui semble être sa domestique. Elle marche lentement, s'arrête et lève les yeux vers le ciel.

Je regarde ; il se passe toujours quelque chose. Un jour un vendeur de sardines s'est mis à chanter pour vanter son poisson. Les femmes sont descendues lui acheter ses sardines. Je me souviens l'avoir vu partir en dansant, car il avait tout vendu. Ce jour-là j'eus une grande envie de manger des sardines telles que ma mère les prépare, avec des épices et de la coriandre fraîche. C'est mon plat préféré.

Ce matin, l'aiguiseur de couteaux n'a pas eu de chance. Il s'annonce en jouant de l'harmonica, vieille tradition de l'époque espagnole. Mais personne n'a de couteaux à aiguiser.

Il y a aussi le vendeur de bibelots fabriqués en Chine, des montres, des tapis de prière, des châles en matière synthétique. Il pousse péniblement une charrette en faisant un cri incompréhensible.

Notre maison est située dans un quartier résidentiel entre le centre de la ville et la route de la Vieille Montagne. Avec le temps, c'est devenu un quartier très fréquenté. Notre voisin de gauche est médecin et sa femme pharmacienne. Ils sont discrets. Celui de droite est un juge qui a été récemment mis en prison pour corruption. Heureusement que ma fenêtre ne donne pas sur la route, du côté de la Vieille Montagne, souvent encombrée de camions. Ici tous les automobilistes klaxonnent. Dès que le feu passe au vert, leur réflexe est de klaxonner comme si la personne devant dormait et qu'il fallait la réveiller. Un peu plus bas, vers le début du quartier Dradeb, il y a mon épicier favori. Il vend de tout, et à chaque fois, il m'offre un petit cadeau en me disant : « Prends surtout bien soin de toi. »

Un jour, de retour du lycée, j'entre dans ma chambre et pousse un cri qui réveille ma mère qui faisait la sieste. Elle est arrivée, les cheveux ébouriffés, hurlant : « Mais qu'est-ce qu'il se passe, pourquoi tu cries ? »

Elle avait enlevé les portraits de mes chanteuses préférées et les avait remplacés par une horloge en plastique représentant La Mecque. Une petite lumière s'allumait à chaque prière et on entendait un muezzin enregistré. Un truc fabriqué en Chine, très moche.

Je l'ai enlevé et l'ai rendu à ma mère en lui disant qu'il serait mieux dans sa chambre. Une discussion absurde sur la religion s'engagea, sur Dieu, la foi, l'enfer et le paradis, etc. Je ne voulais pas entrer dans ce genre de débat avec ma mère, qui est une croyante naïve. Ça la regarde, je m'en fiche.

Elle s'est plainte le soir à mon père, qui est resté silencieux. J'ai remis Barbara et Oum Kalthoum à leur place. Ma chambre était redevenue mon univers clos, mon jardin, ma plaine et ma forêt. Plus jamais ma mère n'a essayé de la décorer à son goût.

J'aimerais faire venir la mer jusqu'ici, mais je sais que c'est impossible. Heureusement que j'ai juste à descendre le boulevard Hassan II pour arriver à la baie, m'installer sur un banc et regarder la mer. Je le ferai un jour, mais pas seule.

Me manquent le vertige et le feu qu'allument les mots
Me manque le sentiment d'être dans les pensées d'un poète
Un musicien, un astronaute, un capitaine de bateau
Je suis une feuille rougie par le doux soleil d'automne
Je suis l'amour qui attend l'oranger et le chant
Qui avale ma douleur mes silences
Me manque la lumière qui surgit des cœurs
Et qui me montre le chemin
Le seul que je cherche

14

MALIKA

J'ai toujours su qu'il me trompait. Une femme, quels que soient ses sentiments, repère assez vite les signes de l'infidélité. J'aurais pu faire un scandale, menacer de le quitter, le dénoncer publiquement, déchirer ses vêtements préférés, jeter à la poubelle ses livres annotés, non, j'ai fait mine de ne rien soupçonner, de ne rien savoir. J'ai préféré ne rien faire. Il ne me désirait plus. Moi non plus. Nous étions quittes, sauf que moi, je n'avais pas d'amant. Ça ne se fait pas dans notre milieu. L'histoire de Halima, la meilleure amie de ma mère, surprise par son époux avec son amant dans le lit conjugal, m'a beaucoup marquée. C'était la première fois qu'une telle chose arrivait dans notre entourage. Le père de Halima faisait des affaires avec le mien. Nos familles étaient proches. Le jour où c'est arrivé, ma mère fut bouleversée. Pour elle, ce n'était pas qu'une trahison, une infidélité, c'était une véritable horreur qui la mit dans un état de déception et de dévastation total. Elle en profita pour me faire la leçon : « Chez nous, quand on se marie, c'est pour la vie, quelle que soit la situation. »

Donc, fidèle jusqu'au bout, bêtement fidèle même si Mourad m'énervait au plus haut point. Je savais à son humeur joviale quand il avait vu ses copines, à ses petites attentions merdiques, à son parfum rajouté à la dernière minute pour cacher celui de la prostituée. Je ne lui faisais aucune remarque. Ma punition : le priver de dîner. Je savais qu'il ne supportait pas de se coucher sans avoir mangé. Tant pis. Celui qui a baisé ne doit pas en plus manger ! C'est comme ça. Pas de discussion. Pas de négociation. Je retirais du frigo les aliments et les déposais dans un placard que je fermais avec un cadenas. Il râlait, mais il savait qu'il n'avait pas intérêt à protester, car il connaissait le genre de réponse que je ne manquerais pas de lui jeter à la figure.

Quand on a été éduqué de façon traditionnelle, il est difficile de sortir du rang et d'aller s'encanailler avec le premier venu. Mon honneur, comme celui de ma famille, ne pouvait être remis en question, sali par des histoires de coucheries alors que toute ma vie était consacrée à l'éducation des enfants et à la paix du foyer. J'aurais pu lui demander d'être discret et de ne pas nous faire honte. Dans cette ville, les gens sont connus pour commenter les secrets des familles. Ils sont médisants et fiers de l'être. Les cafés sont pleins de ces hommes désœuvrés qui racontent des potins souvent inventés. Pour rien au monde je n'aurais voulu être l'objet de leurs moqueries. J'avais peur que Mourad soit vu avec des femmes dont l'apparence en dit long sur ce qu'elles font.

La discrétion a toujours été l'obsession de mon père. Il louait à un Espagnol un local dans la médina. Mon père pensait que le locataire allait l'utiliser pour stocker de la marchandise importée de Gibraltar. À la fin du mois, quand il se présenta pour encaisser le loyer, il se trouva face à un bar où on ne servait que de l'alcool. Pour mon père, bon musulman, il était hors de question d'entrer dans ce lieu destiné aux soûlards et aux voyous. Il se mit de l'autre côté de la rue et attendit que l'Espagnol le rejoigne, ce qu'il ne faisait pas. Mon père repartit sans le loyer. Un jour, il osa entrer pour prendre son argent, et dès le lendemain, au café, les voisins le taquinèrent :

— Alors, Hadj ! On se prend de temps en temps un petit verre de xérès ? Remarque, le vin n'est pas tout à fait interdit par le Coran. Il est dit : « Ne priez pas alors que vous êtes ivres. »

Mon père avait beau expliquer le cas, les gens du quartier ne voulaient rien entendre.

Peut-être aurais-je dû dire à Mourad d'être plus discret. Qu'il me trompe, cela ne me remplissait pas de joie, mais qu'à cause de ses maladresses je devienne la risée de Tanger, pas question.

J'ai admis son infidélité il y a longtemps. Ce n'est pas que je manque d'orgueil, d'amour-propre ou de fierté, mais vu ce qui nous est arrivé, qu'il me trompe est peu de chose. Lui appelle « tragédie » ce que nous avons vécu – je lui fais remarquer que nous ne sommes pas au théâtre. Quand vous êtes anéanti à jamais, le reste, forcément, devient secondaire, subalterne, quelque chose qui passe. Non, je ne lui pardonne pas, je ne l'absous nullement, mais au fond de moi, plus rien ne m'affecte, plus rien ne m'est intolérable. Je suis déjà morte et seule mon ombre a survécu. Une ombre épaisse et lourde qui m'épuise. Lui n'est pas mort, non, il a survécu. Il a invoqué le destin, Dieu et sa volonté. Puis il a accepté le sort. Moi, jamais.

15

SAMIA

25 octobre 2000

Je vis dans une petite solitude où j'ai fini par tracer mes repères et où je n'attends rien ni personne. J'ai eu mal au ventre la semaine dernière, c'était une douleur nouvelle pour moi et qui annonçait l'arrivée des règles. Je savais qu'elles n'allaient pas tarder. Je n'en ai pas parlé à ma mère, trop occupée à astiquer les meubles de la maison. Elle est maniaque. Elle passe son temps à lutter contre la poussière, à mettre de l'ordre partout comme si nous habitions dans un palais. Je ferme ma chambre à clé pour l'empêcher de mettre son nez dans mes affaires.

Ce matin, je suis submergée par le souvenir de mes premières règles. Je devais avoir douze ans. Leur arrivée s'était accompagnée d'une déprime légère. J'aurais voulu en parler à ma cousine qui les a eues l'année dernière, mais en ce moment, elle est amoureuse et n'est disponible pour personne.

Seul mon père avait remarqué mon teint pâle et m'avait demandé si je n'étais pas malade. Je ne pouvais évidemment pas lui parler de ces choses intimes. Je lui ai dit que j'avais besoin d'un peu d'argent pour une sortie organisée par le collège. Il m'a tendu un billet de cent dirhams, une somme énorme pour moi. J'ai mis entre mes cuisses une petite serviette-éponge et je suis allée à la pharmacie acheter ce qu'il fallait pour absorber le sang. Timide, hésitante, je n'ai pas su comment formuler ma demande. Impossible de m'adresser à un vendeur. Il y avait une seule femme dans la pharmacie, la caissière. Je lui dis en baissant la voix : « Je voudrais, s'il vous plaît, acheter des serviettes hygiéniques… » Elle me dit à haute voix : « Si c'est pour ta maman, il faudra des tampons… » J'ai balbutié : « Non, c'est pour moi. » « Il fallait le dire, faut pas avoir honte, c'est naturel, ma fille ! » Elle me donna un paquet et me fit un clin d'œil de complicité comme pour dire « Bienvenue dans l'univers féminin ».

Normalement, c'est ma mère qui aurait dû me procurer ces serviettes pour fille vierge. J'ai préféré ne rien lui dire et j'avoue avoir été contente de m'en être bien sortie.

Avec l'argent qui me restait, je suis passée à la Librairie des Colonnes où une vieille dame très charmante m'accueillit avec un grand sourire comme si nous nous connaissions.

— Que puis-je pour vous mademoiselle ?

C'était la première fois qu'on m'appelait ainsi. J'étais

émue. Ma timidité s'est exprimée par une bouffée de chaleur.

— Je voudrais le dernier livre de Simone de Beauvoir dont on a parlé à la radio ce week-end. Celui où elle défend la cause des femmes…

— Vous avez de la chance, je viens de le recevoir en édition de poche. Vous êtes bien jeune pour lire *Le deuxième sexe* !

— C'est pour ma tante, moi, je ne fais que lui rendre service, elle est divorcée et n'a pas le temps de passer à la librairie, elle sort tard de son travail…

En partant, la vieille dame m'a donné un cadeau, *Le Petit Prince*. Je l'ai remerciée sans lui dire que je l'avais déjà lu. Mais cela m'a fait plaisir.

J'adore lire. Quand j'ai en face de moi un nouveau livre, je le feuillette d'abord, je respire le papier, j'aime cette odeur qui n'existe nulle part ailleurs. Je fais durer le plaisir en pensant à la joie de me retirer du monde et de plonger dans un autre univers. J'ai fait la fête au livre de Simone de Beauvoir. Je l'ai recouvert d'un plastique transparent, j'ai écrit sur la première page la date de son acquisition et apposé ma signature comme si c'était un document officiel. Ce livre, c'était mon bien, mon objet, mon rêve. Je l'ai lu lentement, un dictionnaire à côté.

Durant un bon mois, j'avais rendez-vous chaque soir avec Simone. Je l'appelais Simone parce qu'elle était devenue une amie, non pas un membre de ma famille, mais quelqu'un de familier que je retrouvais avec un immense plaisir. Je cachais le livre dans le placard où je mettais mes vêtements. Ma mère, si elle l'avait trouvé, aurait très mal réagi parce que dans le titre il y a le mot « sexe ». Elle aurait pensé que c'était un de ces livres qui encouragent le vice. Quant à mon père, il ne fouillait jamais dans mes affaires.

Je lisais et je prenais des notes. Je repensais à mon autre tante qui avait été mariée avec un brave homme qu'elle n'aimait pas. Son destin a été assez terrible. Sa mort prématurée avait bouleversé toute la famille et personne n'avait cherché à savoir comment et pourquoi cette femme en était arrivée là. Maintenant, je sais. J'aurais tant aimé lui parler et lui lire des passages de cet ouvrage que je serrais contre ma poitrine comme si c'était un doudou. Je pensais : et dire qu'il a été écrit il y a bien longtemps.

L'épisode des règles et la découverte de ce livre transformèrent ma vie. Ma mère était loin de comprendre ce que je vivais. Mon père était gentil, me faisait souvent des compliments, m'achetait des livres. Il m'avait offert *Les Misérables* de Victor Hugo. Je l'avais mis de côté pour le lire après avoir terminé *Le deuxième sexe.*

L'envie d'écrire s'est imposée à moi comme une évidence, une sorte d'urgence. Écrire ! Mais pourquoi ? Parler de ma vie ? À quoi bon ? Mon journal est plein de cette vie que je traîne comme un boulet.

Au collège on apprenait des poèmes. Mais la prof ne faisait pas beaucoup d'efforts pour nous faire aimer ce qu'on récitait. J'ai emprunté à la Bibliothèque française de la rue de Fès *Paroles*, un livre de Jacques Prévert. J'ai retenu par cœur plusieurs poèmes. C'était facile et joyeux. Une poésie simple qui dit la vie. Pour moi, ce fut plus qu'une découverte, c'était une incitation à l'écriture. Merci monsieur Prévert. Grâce à vous, je me sens libre d'écrire et de chanter.

Mon univers était ainsi peuplé de livres, de poésie et de solitude. Une solitude voulue, aimée, protégée. Je me sentais de plus en plus étrangère à ma famille. La seule personne avec laquelle j'aurais pu échanger, c'était ma tante. Mais elle n'était plus là.

Sur les paupières lourdes du matin
J'ai tracé des syllabes tombées de ma nuit
Elles me disent que je n'aime rien
Seule la poésie
Me donne du pain et du miel
Je ne sais pas où je vais
Et même si je le savais
Quelle importance ?

16

MALIKA

Quand Samia venait d'avoir un an, j'ai éprouvé un intense sentiment de perte. La joie et la paix que je ressentais après sa naissance ont disparu. J'étais persuadée qu'elle allait partir, m'échapper. Je la regardais dans son berceau sourire et rire et je pressentais qu'elle nous quitterait avant l'heure. Avec le temps, cette impression s'est transformée en une certitude qui m'obsédait. Je développai alors une angoisse pesante et irrationnelle. J'en ai parlé un jour à Mourad, qui m'a traitée de folle.

Mourad ne croit qu'à la raison. Il a beau être intelligent, il ne croit que ce qu'il voit, ce qu'il peut toucher, vérifier. Nos plus mémorables disputes ont toujours tourné autour du mauvais œil. Il dit que c'est des « balivernes », des « histoires de bonnes femmes », des « stupidités héritées du Moyen Âge », etc.

Un jour, alors que nous étions tranquilles chez nous, tante Zoubida est arrivée pour nous rendre visite, sans nous prévenir. J'étais en train d'allaiter Samia. Elle a tendu ses bras pour que je la lui donne. J'ai hésité, elle m'a dit : « N'aie pas peur ; je vais juste lire quelques versets de notre saint Coran ; c'est pour son bien. » Elle l'a prise dans ses bras et Samia s'est mise aussitôt à pleurer. C'étaient des pleurs violents. On aurait dit que quelqu'un l'avait piquée avec un objet tranchant. Elle me la rendit. Quand elle est repartie, Samia eut une diarrhée suivie d'une forte fièvre. Le rapport entre ces événements était pour moi évident, mais Mourad refusa de l'admettre. La maladie soudaine de notre fille dura plus d'une semaine, alors qu'elle n'avait jamais été souffrante.

Mais ce qui m'inquiétait le plus c'était cette obsession que j'avais de la voir mourir. Mon mari ne partageait pas avec moi cette angoisse. Nous étions de jeunes mariés et déjà notre vie était encombrée de petits conflits. Il me contrariait. Je le contredisais. Il criait. Je hurlais. Nous nous éloignions l'un de l'autre, même si notre quotidien s'était un peu amélioré grâce aux enveloppes qu'il me remettait chaque fois qu'il se laissait corrompre. Il disait que dans cette affaire c'était moi la corrompue, pas lui. Il faisait l'intermédiaire entre le corrupteur et moi, « assoiffée », comme il disait, d'argent. Il rejetait sur moi sa mauvaise conscience et moi je devais me débrouiller avec tout cela.

Je pense que c'est à cette époque qu'il se mit à me tromper, juste avant qu'il s'installe dans le sous-sol. Un soir, il m'offrit un bouquet de fleurs, ce qui n'était plus arrivé depuis longtemps. Je me suis dit : « Il doit vouloir se faire pardonner quelque chose. » Je l'attirai vers la chambre et me mis à le caresser. Sa verge était molle et ne répondait à aucune de mes stimulations. Les restes d'un parfum féminin sur son cou finirent par me dégoûter. Ce soir-là, je l'ai traité pour la première fois d'impuissant. Il était pourtant encore jeune et en bonne santé. S'il n'avait pas pu bander avec moi c'était parce qu'il avait passé l'après-midi dans d'autres bras. Il n'avait plus de force, plus d'énergie et surtout plus de désir.

J'aurais pu faire un scandale, mais je pensais à ma fille et je refusais de la perturber par des cris. Ainsi, après à peine deux ans de mariage, mon époux s'encanaillait déjà ailleurs. J'en parlai à ma mère qui me redonna le fameux conseil : alourdis-le. Mais pour faire d'autres enfants, encore fallait-il qu'il couche avec moi.

Je commençais à douter de ma féminité. Je me regardais dans la glace et je me trouvais pas mal, peut-être pas sexy comme les actrices de cinéma, mais j'avais quelques atouts. Comment le ramener à moi ? Comment faire revenir le désir, le sien, parce que moi je l'aimais encore malgré tout et j'avais souvent envie de lui.

J'eus l'idée d'aller passer un long week-end au Parador de Ceuta. Ma mère garderait Samia et nous partirions en voyage en tête à tête. L'idée lui plut. Je me rendis au hammam où Khadouj me massa et m'épila. J'étais toute fraîche et prête à ressusciter le désir chez mon mari.

Ce fut durant cette escapade qu'Adam fut conçu.

17

MOURAD

Je ne sais pas ce qui s'est passé, mais un an après la naissance de Samia, Malika redevint douce et agréable. Quelque chose s'était produit et je ne savais pas quoi. On aurait dit qu'une autre femme s'était incarnée dans son corps. Attentive et prévenante, elle ne se laissait plus aller. Elle m'annonça qu'elle était enceinte. Ce qui me fit plaisir. Mes affaires étaient florissantes. Personne ne me soupçonnait. Les enveloppes arrivaient, s'accumulaient et Malika les gardait dans un coffre que j'avais surnommé « M. C. » pour Mauvaise Conscience ; ce qu'elle traduisait par « Merveilleuse Corruption ».

La corruption était devenue une drogue. Avant je la combattais, à présent je l'attendais. Je faisais des projets en fonction des dossiers déposés sur mon bureau. J'étais un élément du rouage administratif, aucun dossier ne sortait de la section du département sans ma signature. Il arrivait que je triple mon salaire. Je n'aimais pas le mois d'août, mois où l'administration était fermée. Pour moi le congé annuel était synonyme de vache maigre. Je n'arrivais pas à faire des économies. Entre mon épouse et les deux enfants, je ne pouvais pas m'en sortir. Le complément officieux, illégal et amoral, était devenu une nécessité. Finalement, il y avait la réalité, étroite, cruelle, pathétique, et puis le monde embelli, transformé par un apport d'argent pris dans les poches des citoyens. Quand je résistais, un entrepreneur m'expliqua le mode d'emploi avec lui : « C'est simple, tu traites mon dossier en premier, je te file une enveloppe ; d'un côté je commence la construction de mon bien, je gagne du temps donc de l'argent ; toi, tu as un complément à ton salaire minable, tu vis mieux. On n'a rien volé à personne. C'est volontiers que je récompense ton aide moyennant un argent dont tu as besoin. La morale n'a rien à faire ici. On l'oublie. Nous sommes adultes et consentants. Tout le monde est gagnant. En revanche, ce que je ne supporte pas, c'est de réclamer de l'argent à un pauvre qui n'a pas les moyens de te corrompre. Là, il faut être humain, ton œil doit être juste. »

Je n'étais ni juste ni moral. Je me complaisais dans cette situation en reniant tout ce que mes parents m'avaient inculqué. Mon père n'était plus là pour me sermonner. Quant à ma mère, elle était ailleurs, dans une espèce d'absence où elle avait perdu une grande partie de sa mémoire. Quand je lui rendais visite, elle me reconnaissait une fois sur deux. Cela me peinait, j'essayais de la conforter en lui racontant des histoires comme si c'était une enfant. Elle aimait bien ces moments où je lui tenais la main et lui parlais. Elle ne pouvait pas imaginer ce qu'était devenu son fils. Elle n'aimait pas ma belle-famille mais ne disait rien, consciente que cela n'aurait aucun effet.

Ma mère était issue d'une grande famille de Fès, des aristocrates sans argent, mais le cœur sur la main, et les portes ouvertes. Elle ne savait ni lire ni écrire, mais avait sa culture, ses convictions, ses croyances et surtout ses valeurs héritées de ses parents. Avec elle, tout était facile. Elle avait le don de simplifier ce qui paraissait compliqué. Elle avait une logique imparable et une humilité qui faisait baisser les yeux de tous ceux qui s'adressaient à elle.

Après quelques mois de mariage, quand elle avait vu Malika et sa famille de près, elle m'avait pris à part et m'avait murmuré à l'oreille : « Ce sont certainement de braves gens, mais je sens que nous ne sommes pas faits pour eux et eux ne sont pas faits pour nous ; sois vigilant, ce sont des personnes qui mettent l'argent au-dessus du cœur. Je n'aime pas ça. L'argent n'est que de la poussière, la mauvaise poussière de la vie. »

C'était moi désormais qui me salissais avec cette poussière. Ma lâcheté me sidérait. Un de mes collègues de bureau partit accomplir le pèlerinage à La Mecque afin, comme il disait, de « laver ses péchés et revenir aussi propre qu'à sa naissance ». Il était bien naïf ou assez prétentieux. Il était en poste bien avant moi, au moins une dizaine d'années. Les péchés s'étaient accumulés au point qu'il était devenu obèse. Un jour quelqu'un l'avait traité de « panse du mal ». Il avait passé ses grosses mains sur son ventre proéminent et avait éclaté de rire. Le bien, le mal étaient devenus des notions étrangères à son univers.

Des milliers de types de son genre se retrouvent chaque année à La Mecque et à Médine dans l'espoir de rendre leurs manigances moins nocives, moins visibles. La religion est considérée par ces rapaces comme un pressing. Lavage à sec. Il faut juste faire un aller-retour entre Al Safa et Al Marwa, tourner sept fois autour de la Kaaba, aller sacrifier un mouton à Minan, puis lapider Satan en lui jetant des pierres dans une bousculade où certains y laissent leur vie et vous voilà hadj, l'âme lavée, le corps engraissé, et l'esprit de plus en plus disponible pour qu'un droit devienne un service, une faveur moyennant l'argent nécessaire.

Avant d'être dégoûté par ces margoulins, je le suis de moi-même. Souvent je reste devant le miroir et répète plusieurs fois : « Tu n'es qu'un sale type, un traître, un lâche, un corrompu comme les autres. » Ça ne me fait pas du bien, mais cette flagellation me donne une toute petite assurance, une sorte d'autosatisfaction minable dont je ne suis pas fier.

18

MALIKA

J'ai mal. J'ai mal partout. De la tête aux pieds. Même mes cheveux me font mal. Je souffre et personne ne vient me soulager. Lui, il dort et il ronfle. Il ne me regarde plus, ne me parle plus, je suis devenue invisible, transparente. C'est ça qui me fait mal. Rien n'est à sa place. Mon cœur bat plus vite que d'habitude, mes poumons sont essoufflés, mes mains tremblent et je ne sais plus où je suis ni qui je suis.

Je suis clouée au lit, incapable de me lever. Vous pensez qu'il va se rendre compte que j'ai besoin d'aide et qu'il va bouger ses fesses pour assister une personne en danger ? Pas du tout, c'est un égoïste. Il voit bien, même s'il dort ou fait semblant de dormir, il voit que je vais mal. Dans cette maison, seul Monsieur a le droit de revendiquer la maladie. Moi, rien. Moi, je n'existe pas. Abandonnée. Mes fils ne viennent plus me voir. Ils téléphonent et disent qu'ils ont beaucoup de travail.

Mon mari non seulement est égoïste, mais il est la

source et l'origine de l'égoïsme. Ça a toujours été lui d'abord. Avec ses collègues, ses amis, avec les putes qu'il fréquentait et bien sûr avec sa famille. Moi j'ai toujours été effacée. C'est commode. Tu décides que telle personne est à éliminer. Tu appuies sur une touche, et voilà, elle est éjectée. Cela fait longtemps qu'il m'a éjectée, bien avant le jour funeste de la tragédie. Il n'était pas fait pour le mariage, pour la vie à deux. Il était fait pour vivre seul. Quand j'ai découvert cette vérité, c'était trop tard.

J'ai de l'arthrose partout. Mes articulations me font horriblement mal. Je ne peux pas prendre un verre avec mes doigts, ni m'appuyer sur le bras pour me lever.

Je me demande ce que je fais dans cette cave à côté d'un égoïste qui dort. Pourquoi j'accepte cette situation ? J'arrive péniblement à me lever et me dirige vers le matelas sur lequel il dort comme un bébé. J'avoue être jalouse de cette capacité qu'il a de s'endormir tout de suite. Je donne un coup de pied au matelas. Il ne bronche pas. Je donne un autre coup, cette fois dans ses fesses. Il bouge à peine. Je crie :

— Réveille-toi ! Je suis malade et personne ne vient à mon secours.

— Oui, je sais, tu es toujours malade, tu es née malade, je t'ai épousée malade, je sais tout ça, fous-moi la paix et laisse-moi récupérer le sommeil qui me manque. Tu as oublié combien tu as hurlé hier soir ? Tu as empêché tout le quartier de dormir.

— Puisque c'est comme ça, tu n'auras rien à manger. C'est ta punition. De toute façon, je ne peux rien faire avec mes mains. Je suis handicapée, je vais téléphoner au Chinois pour qu'il me livre quelques mets.

— C'est ça ! Tes doigts ne pourront pas composer le numéro. Et si tu veux que je le fasse, on partage le dîner.

J'ai envie de pleurer. Pas parce qu'il ne se lève pas et qu'il ne m'aide pas. Mais je veux pleurer sur ma vie, sur mes jours et mes nuits qui ne m'ont apporté que des ennuis. Je pensais qu'on se marie pour vieillir ensemble, vieillir en compagnie de mon homme, en se donnant la main, avec tendresse, avec amitié.

Il est rêche, dur et sans pitié. Il a hérité cette sécheresse de son père. Je me souviens de ce qu'il avait fait subir à sa femme. Elle n'avait pas le droit de sortir ni de recevoir des amies. Il contrôlait tout et ne lui donnait pas d'argent en dehors du prix d'entrée au hammam, une fois par semaine. Si je n'avais pas été assez vigilante, mon mari m'aurait traitée de la même façon.

Je m'ennuie. Ma douleur aux articulations ne me distrait même pas. Mon corps s'affaisse. Mes seins sont encore en forme. Mon ventre est ridé. Ma tête est lourde. Je suis laide. Je suis devenue laide. Mourad a tout fait pour que je perde ma beauté. Il m'a convaincue de changer de coiffure, de ne plus me maquiller, de ne pas faire de régime alimentaire. Il cherchait à m'enlaidir pour qu'il puisse me haïr facilement. Moi aussi je ne l'aime plus. Je ne le supporte plus. J'ai jeté à la poubelle son horrible parfum frelaté, acheté en contrebande au Grand Socco. J'ai pris une paire de ciseaux et j'ai découpé en mille morceaux ses cravates. Je me venge comme je peux. Je voudrais provoquer chez lui une crise de nerfs, juste ce qu'il faut pour qu'il se rende compte que j'existe. Je crains l'AVC. Vous vous rendez compte ? Devoir m'occuper d'un tétraplégique, un handicapé moteur ? Non, il faut le faire souffrir mais qu'il garde son autonomie physique.

Il m'arrive de me demander pourquoi j'ai été infectée par la haine. C'est un sentiment que je ne connaissais pas. C'est lui qui l'a fait naître en moi.

Je me souviens de cette époque où tout allait bien comme si c'était la vie de quelqu'un d'autre. J'arrive à diviser ma vie en plusieurs étapes. Il y eut l'amour, la découverte de l'amour, la naissance de Samia, la tragédie puis une longue et interminable traversée du désert. À présent j'ai soif. Personne ne me donne à boire. Personne ne vient me prendre par la main pour marcher en évitant les trappes, les pièges et les grosses pierres sur le chemin. J'ai compris que Mourad me fait payer sa résistance brisée face à la tentation de la corruption. C'est un homme corrompu malheureux et qui rend malheureuse sa femme qui aurait pu être son amie, sa complice, son complément.

Aujourd'hui, vendredi, je voudrais aller me recueillir sur la tombe de mes parents. Il faut que mon fils aîné vienne m'emmener en voiture au cimetière. Je ne sais pas pourquoi, chez nous, les cimetières sont des poubelles. Aucun respect pour les morts. Le cimetière pour les chrétiens à Boubana est propre, surveillé et nettoyé tout le temps. Celui, voisin, des musulmans est tellement sale qu'il décourage tout recueillement.

19

SAMIA

3 novembre 2000

Aujourd'hui j'ai séché le cours de gym. J'ai dit que j'étais indisposée et je suis partie avec Ibtissam, une bonne copine, pour se balader dans la médina. Nous ne portions pas de foulard. Depuis quelques années, une mode étrangère s'est répandue chez les femmes, jeunes ou âgées. Elles se voilent, dissimulant ainsi leurs attraits et se faisant passer pour des personnes à la moralité irréprochable. Je trouve cela ridicule. Le vent d'est était de retour. Il passait dans nos cheveux et faisait de nous des images dessinées par un peintre surréaliste. Ça nous faisait rire, même si on entendait les commentaires peu amènes des hommes attablés aux terrasses des cafés. Ce sont des hypocrites. J'ai même entendu un homme au visage froissé dire : « Si c'était ma fille, je la battrais ! » Oui, certains ont le tabassage facile. Je le sais, car notre voisin frappe aussi bien sa femme que ses filles. Il paraît qu'il boit. Mais personne ne se plaint, personne ne porte plainte. On reçoit des coups et on se tait. Cela fait partie de nos traditions. Quelles traditions ? Je n'ai jamais lu que l'homme doit battre sa femme sans qu'il soit puni par la loi. J'en ai parlé un jour avec mon père qui m'a expliqué que cela n'a rien à voir avec l'islam. Il m'a même appris que les Bédouins, les Arabes d'Arabie, là où l'islam est né, enterraient vivants les bébés nés de sexe féminin, c'est l'islam qui a interdit cette pratique barbare. On l'a échappé belle ! Mon père a toujours refusé d'aller faire le pèlerinage à La Mecque, ce qui n'est pas le cas de ma mère dont la plupart des copines du hammam l'ont fait. Il me dit qu'il ne croit pas à ces rituels et surtout qu'il déteste les Saoudiens qui ont une très mauvaise réputation, notamment à Tanger. C'est connu de tous, ils arrivent l'été avec des sacs pleins de dollars et achètent hommes et femmes. Ça fait jaser, mais personne ne fait rien contre ce système de prostitution qui ne dit pas son nom.

En descendant la rue de la Liberté, nous nous sommes arrêtées avec Ibtissam devant la Galerie Delacroix qui appartient au service culturel de l'Institut français. Il y avait l'exposition d'un jeune artiste marocain qui avait installé des vidéos et des livres, dont un de Kafka. Un néon s'allumait et s'éteignait selon une musique répétitive. Nous n'avons rien compris à cette exposition. Et il n'y avait personne pour nous expliquer ce que l'artiste voulait exprimer. Moi, j'aime la peinture en général, comme celle de Goya que nous avons étudiée en classe. J'aime aussi Van Gogh. Notre prof de dessin nous a montré un film sur ce peintre qui s'est coupé l'oreille. Le film, curieusement, était en noir et blanc. Après, le prof nous a fait passer un gros livre avec des reproductions en couleurs.

La place du Gran Socco (on l'appelle ainsi en espagnol depuis toujours) n'est plus un marché aux fleurs. Il y a au centre une sorte de fontaine sans eau autour de laquelle jouent les enfants. Des femmes sont assises et bavardent entre elles. Un vendeur de nougat s'est installé là.

De là, nous sommes allées vers Siaghine, la fameuse rue des changeurs de monnaie avec son église, apparemment fermée, et une synagogue en pleins travaux. Il paraît que ce sont des juifs américains, dont les parents sont nés à Tanger, qui la restaurent. C'est ce que nous a dit le bijoutier chez qui ma mère se rend souvent pour acheter ou échanger des bijoux.

Sur la place principale il n'y a que des cafés. Au fond à droite, il y a un cinéma fermé depuis longtemps. Beaucoup de salles de cinéma ont dû fermer à cause de l'invasion des DVD, des films piratés, évidemment. Cette place est à quelques pas du port. Elle a été le lieu de tous les trafics. Il paraît qu'elle a changé aujourd'hui. Des bazars, des vendeurs ambulants et pas mal de cafés sombres.

Les quelques femmes attablées étaient des touristes. Ibtissam m'a dit : « Viens, on va prendre un café ou un

Coca. » Pourquoi pas ? Nous nous sommes installées et nous avons attendu longtemps avant que le garçon daigne s'occuper de notre commande. Il s'est adressé à nous en espagnol, pensant que des jeunes filles marocaines n'oseraient jamais s'afficher dans un café où au fond de la salle on fume tranquillement du kif.

Après notre thé, arrivé tiède, ce qui était certainement fait exprès, nous avons pris le chemin de la Kasbah en direction du fameux café Hafa, qui donne sur la mer. Il est situé à Marchane. Une plaque à l'entrée indique qu'il existe depuis 1921. Des terrasses se succèdent avec des tables en fer et des chaises en osier, souvent bancales. Des abeilles en pagaille volent au-dessus des têtes, car ici, on sert surtout du thé à la menthe très sucré. La mer était belle aujourd'hui. Claire et douce, tantôt bleue, tantôt verte. On apercevait à l'horizon les côtes espagnoles. Dans une petite salle, des hommes assis sur des nattes fumaient leur pipe de kif. Ibtissam suggéra qu'on demande au garçon de nous remplir une pipe de kif. Je lui ai dit qu'elle était folle, jamais une femme, surtout de notre âge, n'a osé fumer en public ; les gens seraient capables de nous expulser à coups de pierres.

Ibtissam s'est mise à me raconter son histoire avec un homme âgé qui publie des poèmes dans un petit journal. Elle a fait son éloge et m'a montré son journal. Je lui ai dit qu'il faut se méfier des hommes gentils. Je ne lui ai rien dit sur sa poésie que je trouve mièvre. Il vaut mieux ne pas la blesser. Mais si elle a trouvé quelqu'un pour s'y intéresser, tant mieux.

Ce sont les lumières en face qui clignotaient qui m'ont fait penser que nous avions tardé et que nos parents devaient être très inquiets. Nous nous sommes levées et avons couru jusque chez nous. Nous avons descendu la rue Hasnouna, puis nous sommes arrivées au Marché aux Bœufs, notre quartier. Deux lampadaires n'ont plus d'ampoules. Il faisait sombre. Les services municipaux ne remplaceront jamais les ampoules mortes, à moins que le roi passe un jour par là. C'est ce que dit mon père.

J'ai trouvé ma mère en djellaba devant la porte de la maison. Elle égrenait un chapelet en priant Dieu. Elle n'a pas levé la main sur moi, au contraire, elle m'a serrée contre elle en pleurant. « J'étais affreusement inquiète… on ne sait jamais par les temps qui courent. Où étais-tu ma fille ? Dis-moi… »

Je lui ai dit la vérité. Elle est restée sans voix.

Elle a réchauffé mon dîner, m'a embrassée encore, ce qu'elle fait rarement en temps normal. Je lui ai dit :

— Il faut que je fugue pour que tu exprimes ton affection !

— Mais ma fille, tu sais combien je t'aime, ce n'est pas ton habitude de ne pas rentrer du lycée à l'heure ; tu aurais dû me prévenir. Enfin, Dieu est grand !

J'ai passé une partie de la nuit à apprendre par cœur *Le bateau ivre* ; j'avoue que c'est un des poèmes les plus difficiles à retenir et aussi à bien comprendre. Mais la poésie, c'est ça, il faut aller chercher le sens dans le puits des mots.

La ville dort comme les bêtes que j'ai dessinées
Le silence est descendu avec le soir
Écrasant les fleurs qui dégagent leur parfum
J'ai vu les rues et les hommes affamés de sexe
Des femmes qui ferment les yeux
Et la mer se retire de leur rêve
Comme une couverture de laine les dévoile
Et moi, je suis portée vers ce que je ne vois pas
Un horizon qui s'éloigne pendant que j'avance
Les bras pleins de fruits et d'amour

20

MOURAD

Aujourd'hui, cela fait vingt ans que j'ai pris ma retraite. Pour moi et surtout pour ma femme ce jour-là fut un drame. N'étant plus employé au Bureau 9, je dus brusquement me contenter de ma pension, c'est-à-dire bien peu de chose, qu'aucune enveloppe ne venait compléter.

Je pense que les premiers symptômes de ma maladie sont arrivés en même temps. J'ai commencé à avoir mal aux genoux, puis à l'épaule droite, ensuite au ventre et aux poignets. La nuit, je me levais souvent pour pisser. Ensuite j'avais du mal à me rendormir. Mes consultations chez le médecin n'ont rien donné. Il m'a dit : « Vous devez vous adapter à votre nouvelle situation ; marcher au moins une heure par jour, faire du sport, ne pas fumer et demander à votre femme de vous masser le dos de temps en temps. » Il ne connaît pas ma femme. Il aurait suffi que je lui demande de me faire un massage pour qu'elle se mette à hurler : « Tu me prends pour une pute ? » Non, ça, ce n'était absolument pas une bonne idée. Restait la lecture. J'ai fait refaire mes lunettes de vue, et je me suis plongé dans l'œuvre monumentale du premier historien arabe, Ibn Khaldoun. Cette fois-ci j'ai pris des notes. Cela m'a occupé quelques semaines et a contrarié ma femme qui ne comprenait pas ce que je faisais. Sur les Arabes, Ibn Khaldoun a écrit des vérités terribles :

CHAPITRE XXV

Les pays conquis par les Arabes
ne tardent pas à tomber en ruine

« En voici la raison. Habitués aux conditions de vie à l'écart et à tout ce qui y prédispose, les Arabes sont une nation farouche. La vie isolée fait partie de leur caractère et de leur nature. Ils s'y complaisent, parce qu'elle leur permet d'échapper au joug de l'autorité et de ne se soumettre à aucun gouvernement. Mais cette disposition est incompatible et en contradiction avec la civilisation. Ils passent ordinairement toute leur vie en voyage et en déplacement, ce qui est en opposition et en contradiction avec une vie fixe, productrice de civilisation. Les pierres, par exemple, ne leur servent que comme point d'appui pour leurs marmites : ils vont les prendre dans les édifices, qu'ils dévastent dans ce but. Le bois leur sert uniquement à faire des mâts et des piquets pour leurs tentes. Pour s'en procurer, ils démolissent les toits des maisons. Leur existence est essentiellement en opposition avec la construction ; qui est la base de la civilisation. Tels sont les Arabes en général. (...) Leur

> tendance à extorquer les biens d'autrui n'a pas de limite. Dès que leur regard se pose sur un bien quelconque, mobilier ou ustensile, ils s'en emparent. Quand ils utilisent leur domination et leur autorité politique pour piller, il n'y a plus de gouvernement pour protéger les biens des gens, et la civilisation est détruite.

Il écrivait cela au milieu du XIVe siècle.

Je me souviens avoir étudié ce texte au lycée. Notre professeur, M. Guendouz, était un être exceptionnel, c'était un Algérien réfugié au Maroc. Il aimait son métier avec passion et nous poussait à aller au-delà des apparences et des facilités. Il nous disait : « C'est parce que les Arabes de cette époque se sont conduits comme le décrit Ibn Khaldoun qu'ils ont connu la pire des vilenies, l'occupation ottomane puis la colonisation, française pour certains et britannique pour d'autres. Nous avons hérité d'eux l'absence de civisme, le non-respect de l'individu, donc du droit et de la liberté. D'où la corruption, à la base de tout. »

Il ajoutait : « La langue arabe, notre belle langue arabe, a trouvé le mot juste pour désigner la corruption : le bois pourri. *R'choua !* On ne peut rien construire avec du bois mité, pourri de l'intérieur. Voilà pourquoi notre pays est voué à ne rien construire de bon, de solide, tant qu'il permet aux citoyens de pratiquer la corruption des corps et des âmes. » Je me souviens aussi d'une belle phrase : « La justice est le pilier du monde ; et le monde est un jardin. »

Mon fils Adam est venu nous voir il y a une semaine. Il avait une mauvaise mine. Je le sentais préoccupé. Il voulait me parler, se confier à moi. Il a dit à sa mère qu'il voulait sortir fumer, bon prétexte pour me faire sortir et être seuls pour discuter.

Dehors il faisait très beau. J'avais envie de voir la mer. Il m'a emmené au cap Spartel, et nous nous sommes installés face à la ligne où se rencontrent la Méditerranée et l'Atlantique pour prendre un thé. Dans le café, il y avait des amoureux, des femmes voilées, des hommes avec des barbes teintes au henné. Il me glissa : « Tu as remarqué, ici nous sommes en territoire islamiste ; le patron est l'imam de la mosquée du coin ; tous des hypocrites. » Mais ce n'était pas le sujet qu'il voulait aborder avec moi. Je compris assez vite que son travail le tourmentait. Son patron s'en était encore pris à lui et à son intégrité. Il était question d'un terrain appartenant à une famille modeste qu'un homme d'autorité, sans doute un ministre ou un député, voulait acquérir au nom de l'État pour y construire un centre sportif. Mon fils savait que c'était faux et que son patron avait besoin de sa caution dans cette dépossession illégale. Ayant refusé tout net, mon fils avait été mis à pied comme dans l'armée. Son patron lui avait retiré les clés de son bureau et lui avait crié : « Rentre chez toi connard, je ne veux plus voir ta gueule de morveux ; allez, dégage, tu ne cesses de me créer des problèmes. D'où tu sors, toi, on ne dirait pas que tu es marocain ! »

Mon fils était désemparé :

— Tu vois papa, tu nous as éduqués dans le respect de la loi et de l'intégrité. Or, dans ce Maroc, seuls les corrupteurs et les corrompus vivent bien. Je me retrouve être victime de mon devoir et de mes valeurs. Mon patron se conduit comme un dictateur, et je n'ai aucun recours pour lutter contre l'arbitraire et la violence de ce personnage qui se croit tout permis parce que, comme tu le sais, il rend de grands services à des gens haut placés à Rabat. Je suis dégoûté.

J'avais du mal à le calmer. Je n'avais pas le courage de lui avouer que moi aussi j'avais dû participer à cet esprit féodal et que j'avais été un bon élément dans le rouage de la corruption. Je lui ai conseillé de résister et de ne pas se faire du mauvais sang :

— Ce sont des monstres qui font ce qu'ils veulent et considèrent le pays comme leur propriété privée. Un jour ou l'autre, ce directeur arrogant et vulgaire se retrouvera au chômage parce qu'il aura assez servi et qu'il sera remplacé par quelqu'un de plus futé, de plus cynique que lui. Tu verras, son cadavre passera devant toi, sur le fameux fleuve où on nous demande d'aller attendre. Après tout, l'usine n'est pas à lui, il est juste un gérant avec les pleins pouvoirs et des connivences avec les autorités de Rabat.

Je lui ai ensuite parlé de sa mère et de nos problèmes. Il a été radical :

— Il faut vous séparer. Je sais que c'est difficile. Mais vous ne pouvez pas continuer à vous entre-tuer jour et nuit. Je te propose de te prendre chez moi ; maman restera dans le sous-sol ; il faut juste que je trouve une femme pour s'occuper d'elle, même si je sais qu'elle refusera.

— Tu as raison mon fils, c'est ce que je dois faire. Quitter cette maison et m'installer ailleurs. Pas forcément chez toi. Une petite chambre me suffirait. J'ai besoin de paix, j'ai besoin de solitude. Mais je crois qu'il est trop tard pour moi. Je n'en ai plus les moyens, ni matériels ni physiques. Je suis condamné à vivre avec elle tout comme elle est condamnée à vivre avec moi, jusqu'au bout.

Mon fils n'a pas insisté. En me ramenant à la maison, il s'est arrêté au supermarché et nous a acheté des provisions. Avant de partir, il a glissé dans ma main un cigare, un Partagas N° 4, et m'a dit : « Tu le fumeras tranquillement, dans le petit jardin de la maison ; c'est un bon moment que je souhaite t'offrir, tu le mérites. Quant à maman, si tu n'as pas le courage de la quitter, essaye au moins de ne pas lui en vouloir. La vie a été très dure pour elle, plus que pour toi ! Tu le sais mieux que moi. »

21

MALIKA

Personne n'a le droit de prononcer son nom. Sa naissance avait été un immense bonheur. Son arrivée me comblait. Je voyais le monde avec joie et plein de couleurs. Une lumière sublime me suivait partout. J'étais bénie et je ne pouvais pas imaginer qu'un jour Dieu allait me retirer cette lumière qui me protégeait et me montrait le chemin.

Elle avait été une enfant facile, intelligente, calme et douce. Elle ne pleurait presque jamais, au point que j'en avais parlé avec le pédiatre. Elle avait apporté une paix magnifique dans notre foyer. Mourad était très attentionné, aimant et amoureux. Notre vie était enviable et cela m'inquiétait.

Elle a grandi dans un cadre paisible. Quand nos premières disputes éclatèrent, je pris toujours soin de la tenir à l'écart. Elle n'en a jamais rien su. Un jour, j'ai découvert qu'elle écrivait des poèmes. Elle était si discrète. À la naissance de notre fils, elle avait été très heureuse. Elle venait d'avoir dix ans, elle m'aidait et s'occupait de la maison. Je sentais que cette présence tenait de l'ordre du miracle. J'en étais si fortement persuadée. Je priais ; je demandais à Dieu de la protéger, de m'aider à la rendre la plus heureuse possible.

Il faut que j'arrête de penser à elle. Mes pieds glissent comme si j'étais sur une pente savonneuse. Je ne me sens pas bien. Ce matin, l'autre, le faux malade, ne s'est pas réveillé. Quand il dort je sens la paix régner dans le sous-sol. Il faut que je sorte, que j'aille sur la tombe de ma mère. Cela fait longtemps que je ne lui ai pas parlé. S'il se réveille et ne me trouve pas, il fera un scandale, je le connais, il a besoin d'une esclave, j'ai trop donné. Je laisse la radio allumée pour décourager les cambrioleurs et j'attrape un taxi.

Le cimetière, ce matin, ressemble à une prairie où le rouge des coquelicots l'emporte sur le jaune des petites marguerites. Je m'approche de la tombe de ma mère. Je suis horrifiée, la dalle est souillée d'immondices. Quelle horreur ! Je cherche des yeux le gardien. Il arrive en courant, pensant que je vais lui donner de l'argent.

— Qui a fait ça ?

— Je ne sais pas.

— Où étais-tu pendant qu'on salissait la tombe de ma mère ?

— Je devais dormir ; ils ont dû faire ça la nuit. Ce sont

les Noirs, oui, les kahlouches, les nègres, ils viennent souvent dormir là. Il n'y a qu'eux pour faire une chose pareille. Ils sont de plus en plus nombreux, ils quittent leur pays et pensent qu'à Tanger une barque les attend pour les emmener en Espagne.

Ce type m'écœure. Sa mauvaise foi se lit sur son visage. Il attend toujours que je lui donne de l'argent. Je tourne les talons et quitte le cimetière en râlant.

À la sortie un jeune homme, noir, svelte, apparemment propre, m'aborde :

— Madame, je cherche du travail ; si vous connaissez quelqu'un, je ferai tout ce qu'il demande. Je suis en bonne santé, madame.

Au début, je décide de ne pas lui répondre. Je me dis et si c'était lui qui a sali la tombe de ma mère ? Je l'observe encore un peu et j'ai un bon pressentiment. Il me semble qu'il est sincère. Je lui demande où je peux le trouver si j'ai besoin de lui. Il me dit : « Devant la porte du cimetière, c'est mon adresse. »

L'idée de l'employer chez moi me traverse l'esprit, puis j'imagine les réactions de Mourad, sa jalousie, ses réflexions racistes et bien d'autres choses. Plus j'y pense, plus je trouve que c'est une bonne idée de le faire travailler à la maison. Avec les bonnes, ça n'a jamais marché. Elles m'ont toujours créé des problèmes, et puis elles volaient, toutes, sans exception. Le vol et la corruption vont de pair. Ce sont deux modes de vie qui complètent les salaires misérables.

Avoir un homme à la maison, non seulement pour

le ménage, mais aussi pour nous venir en aide, mon mari et moi, c'est ça qu'il nous faudrait. Je ne peux plus compter sur les enfants. Je voulais en parler avec Mourad, mais quand je rentre il dort. Je fais du bruit pour le réveiller. Il ne bouge pas. Je m'approche de lui et mets mon oreille sur son cœur. Il bat encore. Il n'est toujours pas mort. Il a dû prendre un ou plusieurs somnifères. Cela lui arrive de temps en temps. Quand il se réveille au milieu de l'après-midi, je lui annonce mon idée :

— Je vais engager quelqu'un pour la maison.

— Encore une femme que tu vas maltraiter, que tu vas renvoyer au bout de quelques semaines en l'accusant de vol…

— Pas du tout. Toutes les bonnes volent, c'est une tradition bien connue chez nous.

— Alors, tu as trouvé l'oiseau rare ?

— Mieux qu'un oiseau, un superbe cheval noir !

— Ah, bon, pour une fois tu as de l'humour.

— Je ne plaisante pas. J'ai rencontré à côté du cimetière un de ces types qui n'ont pas réussi à traverser le détroit pour émigrer en Espagne. Il est bel homme, propre et assez plaisant. Il cherche du travail. Je pense que je vais le prendre à l'essai. Ce sera la première fois que nous aurons un homme de ménage. Après tout, notre voisine, celle dont le mari a eu un accident cérébral, a fait appel à un jeune homme, du Cameroun je crois, qui s'occupe très bien de son homme malade.

Mourad ne m'écoute plus. Il est de nouveau plongé dans son gros livre. Il lit, prend des notes et je me demande à quoi ça sert.

Toute la nuit l'idée de faire venir ce Noir fait son chemin. Il pourra beaucoup m'aider. Il est jeune, dans la force de l'âge. Les Africains sont très différents de nous, ils ont une constitution physique plus solide que la nôtre. Si mon mari m'entend, il me dira que c'est du racisme. Lui, il ne croit pas à l'existence des races, il doit être aveugle. Bien sûr qu'il existe une race blanche, différente de la race noire. Lui, il dit qu'il n'existe qu'une seule race, la race humaine, composée de milliards d'êtres.

Le lendemain, je suis retournée au cimetière. Le gardien avait entre-temps nettoyé la tombe de ma mère. Je lui ai donné cette fois un peu d'argent. Il m'a dit du bien du jeune homme noir qui attend à l'entrée. Le gardien se méfie des étrangers en général, mais il avait une bonne opinion de celui-ci.

Le jeune homme était assis sur une pierre et lisait un livre de poche. Je l'interrompis et lui demandai son nom :

— Je m'appelle Viad.

— Viad ? C'est la première fois que j'entends ce nom. Ça vient d'où ?

— De Mauritanie, madame.

— Vous êtes mauritanien ?

— Oui, de père sénégalais et de mère mauritanienne. Ce n'est pas un prénom habituel ; c'est un prénom que je me suis donné. Il veut dire : La Vie (est) Impossible (sans) Amour et Dignité. V.I.A.D.

— Vous ne seriez pas un intellectuel par hasard ?

— Un peu, j'ai fait des études et soutenu une thèse, mais après la mort de mes parents, j'ai dû quitter Nouakchott où sévit un racisme anti-Noirs terrible.

— Ainsi il y a du racisme entre les Noirs ?

— Non, ce n'est pas ça, la Mauritanie est gouvernée par une minorité de Maures, ce sont des Arabes à la peau moins noire que celle des autres Mauritaniens, dont certains sont originaires du Sénégal ou d'autres pays africains. Les Maures, parce que leur peau est plus claire, se considèrent supérieurs aux Noirs. Ils dominent partout, au gouvernement, dans les banques, dans les affaires, bref dans tout ce qui est important. Nous, les Noirs, nous sommes à leur service.

— Des esclaves, quoi !

— Je n'osais pas utiliser ce terme, madame. Oui, nous avons la condition d'esclaves. En tant que Noir, je n'avais pas le droit d'enseigner à l'université alors que ma thèse porte justement sur le racisme entre Africains.

— Et c'est pour cela que vous avez tenté d'émigrer en Europe ?

— Oui. En partie. Le racisme et la pauvreté.

C'est ainsi que tout a commencé avec Viad. Un peu moins d'une demi-heure après il s'installait chez nous et une nouvelle vie commençait pour lui.

22

SAMIA

5 novembre 2000

Depuis hier, me taraude une intuition : je ne vivrai pas longtemps. J'en suis de plus en plus sûre. Je vois des choses que je ne peux pas expliquer ; j'ai des frissons chaque fois que cette maudite intuition s'impose à moi, de jour comme de nuit. Elle me réveille quand je dors, comme si la mort se tenait derrière la porte et que je devais me lever et l'inviter à entrer. Je pense à la mort comme un fantôme en blanc qui viendrait m'envelopper et me porter très loin de cette vie. Elle n'a pas de faucille. Elle est suspendue en l'air comme une plume d'oiseau, une poussière qui attend le moment de tomber. Elle tombe comme la vérité. Tranchante, sans commentaire, sans répit. C'est un couperet. Elle ne me fait pas peur, mais elle me rappelle que mon temps est compté. C'est pour cela que je me presse d'écrire. Je ne réfléchis pas, j'écris sous la dictée du monde, le mien évidemment. Je n'ai pas la prétention d'embrasser le monde entier.

Quand l'intuition s'éloigne, je sens un courant d'air frais traverser la chambre. J'ouvre la fenêtre et je me remets dans mon lit où je continue d'écrire.

Qu'importe que mes poèmes soient lus un jour. Pour le moment j'ai la certitude qu'il faut écrire, aller de l'avant et ne pas hésiter.

Ma mère est venue me voir pour s'enquérir de l'état de ma santé. Elle trouve que je suis trop pâle, que mon esprit est occupé par des bêtises et qu'il faut quitter cette chambre de temps en temps, l'accompagner par exemple au hammam ou chez l'une de mes tantes. Va pour le hammam. Au moins, là, j'apprends des choses. J'écoute tout ce qui se dit et j'enregistre. J'ai la tête pleine d'histoires à peine croyables. J'ai assisté l'autre jour à une scène étrange : une jeune femme était à genoux en train de laver le sol en le frottant avec une éponge et du savon. Elle frottait frénétiquement. Ma mère lui demande pourquoi elle s'acharne sur ce coin de la salle. Elle lui répond très sérieusement : « Tu sais bien que le hammam est fréquenté le matin par des hommes ; certains éjaculent en pratiquant ce qu'on appelle “l'habitude secrète” ; alors, si je ne nettoie pas bien là où je vais me laver, il y a des risques que des spermatozoïdes rentrent en moi, et me voilà enceinte d'un inconnu ! »

Ma mère a éclaté de rire. La femme l'a mal pris. Elle s'est déplacée en pestant.

Une autre femme, assez grosse, est venue se laver à côté de nous. Elle demande à ma mère de lui frotter le dos. Ma mère lui fait remarquer qu'il y a des masseuses dont c'est le métier. Elle insiste en disant : « Tes mains sont blanches et douces ; elles me porteront bonheur et libéreront l'enfant endormi. »

Ce n'est pas la première fois que j'entends parler de « l'enfant endormi », une légende inventée par des femmes infidèles qui rassurent le mari, parti travailler à l'étranger, en lui disant : « C'est ton enfant que je porte depuis deux ans. » Parfois ça marche.

Quand j'accompagne ma mère chez une de ses sœurs, je me prépare à m'ennuyer. Elles ne parlent que d'argent et des histoires de mariage. Cela ne rate jamais, à un moment précis, quand le thé est servi et qu'on me présente des biscuits faits maison, ma tante prend son air le plus sérieux et me lance : « Tu sais, ton cousin Hamza, mon fils unique, celui avec lequel tu jouais à la poupée qui se marie, ne cesse de me demander de tes nouvelles. C'est un excellent parti ; tu te rends compte, Samia et Hamza, quel couple magnifique ; il rendra jaloux tout le monde. Penses-y, ma fille ! »

C'est là que ma mère intervient : « Elle est encore jeune, mais je suis de ton avis, ils formeront un joli couple. »

Je souris, je ris et je m'ennuie. Ma chambre, mon lit, mon cahier me manquent. Ma solitude me manque. Ces gens-là ne savent pas le bonheur de jouir d'une solitude recherchée, acceptée, cajolée, celle qui ouvre des portes sur d'autres univers.

En ce moment, je lis la poésie de Victor Hugo. Elle m'emporte dans des territoires vastes et irréels. Quand je termine la lecture, je regarde par la fenêtre. Des gens passent, certains pressés, d'autres marchent lentement.

Entre mon esprit et mon corps
La lenteur est mon chemin
Je ne sais pas où elle me mène
Je monte sur l'arbre et j'oublie tout
C'est le vent qui me donne un coup sur la hanche
Je me réveille et je cherche ma route

23

VIAD

Ma chambre est un coin de la buanderie où Madame a installé un matelas en mousse, un oreiller et une couverture. Elle m'a donné un vieux pyjama ayant appartenu à son mari. Je dors là, je lis et je pense dans cette partie de la maison qui est assez humide. Je n'ai pas beaucoup de lumière. Je n'ai pas le droit d'avoir une lampe. Quand j'aurai de l'argent, j'achèterai une lampe de poche. J'aime bien lire avant de m'endormir. Le seul livre de poche que j'ai pris avec moi, avant de quitter mon pays, est le journal de l'Égyptien Taha Hussein, *Le livre des jours*. J'ai noté cette phrase : « La population du Rif égyptien, vieillards, jeunes gens, femmes et enfants, vivait dans un monde coloré par une profonde vie intérieure, bien à elle, tissu de simplicité et de mystère, de mysticisme et de naïveté. La plus grande part, dans la formation de cette mentalité, revenait aux confréries mystiques. »

Je me sens très proche de ces gens ; chez moi, en

Mauritanie, il y avait un cheikh soufi ; c'était un mystique qui faisait une lecture très belle de l'islam. Il a été combattu par ceux qui ont été formés par l'école wahhabite des Saoudiens, des fanatiques violents.

Je fais le ménage, je lave par terre, je passe l'aspirateur qui tombe souvent en panne, je fais les courses, je ramène toujours les tickets de caisse. Madame contrôle tout ; pas un centime ne doit manquer ; elle fait souvent des commentaires sur le prix des choses ; elle dit : « Le prix des tomates a encore augmenté ; le poisson est hors de prix ; le poulet reste abordable, mais il est plein d'hormones. » Monsieur, lui, ne contrôle rien. C'est un peu comme chez moi au pays. Ce sont les femmes qui dominent les hommes et non l'inverse. On ne le dit pas, mais mon père obéissait toujours à ma mère. Elle le laissait faire croire à ses amis qu'il dirigeait la maison. Je ne savais pas qu'au Maroc les femmes étaient si puissantes. En tout cas Madame est forte. Elle dit tout le temps qu'elle est malade. Je ne sais pas de quoi elle souffre. Le monsieur, lui, est très fatigué. Il me rappelle mon grand-père quand il ne pouvait plus se lever. Pourtant, il a encore de l'énergie pour lire et prendre des notes. J'aimerais lui demander de me prêter un de ses livres, en arabe ou en français, peu m'importe.

Hier, Madame m'a demandé de passer l'aspirateur dans les salons et les chambres en haut. Je n'y avais jamais mis les pieds, je ne soupçonnais même pas leur existence. Le salon, sombre, sent l'humidité et le renfermé. J'ai voulu aérer mais Madame s'est mise en colère, « non, n'ouvre surtout pas, les voisins risquent de voir notre salon ». Je ne comprends pas pourquoi cette partie de la maison est fermée. Il doit y avoir un secret. Je ne dis rien. Je n'ai le droit de rien dire. J'obéis et je me contente de faire ce qu'elle me demande. On n'a pas parlé de salaire. J'attends la fin du mois pour lui en toucher un mot. Je me demande comment elle réagira. Chez moi, en Mauritanie, on les aurait appelés « les bourgeois », des gens apparemment aisés, mais qui ont un rapport étrange à l'argent.

J'ai demandé si je pouvais écouter la radio qui est dans la cuisine. Elle m'a dit : « Il te faut des écouteurs ; on ne doit pas aimer les mêmes musiques. » Finalement, elle m'a donné un petit baladeur avec des écouteurs. Je passe la nuit à écouter de la musique égyptienne ; j'adore cette musique, elle me fait voyager, me ramène chez moi même si je ne veux plus y retourner. Je me fais tout petit. J'ai toujours peur de déranger. Une après-midi, Monsieur, une fois que sa femme était sortie, m'a demandé de lui raconter mon histoire. J'étais gêné ; je ne savais pas par quoi commencer. Il m'a mis à l'aise en me disant qu'il s'intéressait au sort des immigrés et des exilés.

— Pourquoi as-tu quitté ton pays ?

— Je pourrais vous dire parce qu'il n'y avait pas de travail, mais la vérité, ce que j'ai quitté, ce que j'ai fui, c'est le racisme des Maures envers les Noirs.

Monsieur était au courant de la guerre interraciale

entre la Mauritanie et le Sénégal en 1986. Mon père, noir, en parlait souvent.

Monsieur réfléchit puis me dit :

— Vous croyez qu'au Maroc il n'y a pas de racisme ?

— Oui, je sais, ici on n'aime pas beaucoup les Noirs, mais c'est moins grave que ce qui se passe dans mon pays. Je vais vous donner un exemple. J'ai fait les mêmes études que Moha, le fils du propriétaire de notre maison. J'avais même de meilleures notes que lui. Il y avait un poste à pourvoir au ministère de la Radio et de la Télévision nationales. Nous avons passé le même examen. Mes notes étaient supérieures à celles de Moha. Eh bien, l'administration l'a choisi juste parce que la couleur de sa peau n'était pas noire. C'est un Maure. Des injustices de ce type, il y en a tout le temps. Pour les Maures, le Noir est forcément inférieur. Les Noirs et les Maures ne se fréquentent pas. Un jour, j'ai vu chez un copain un film américain sur l'esclavage en Amérique. Je me suis complètement identifié au personnage principal, victime du racisme le plus brutal. Sauf qu'en Amérique, les choses ont changé. Chez nous, il n'y a pas de résistance. On subit et on se tait. Et puis, il faut vous dire que les Maures qui nous gouvernent ne font rien pour le pays. Nouakchott, la capitale, ressemble à un bidonville. Il y a une grande avenue tracée au milieu du sable. Il n'y a pas de trottoirs. Les belles maisons appartiennent aux Maures. Le vol et la corruption sont pratiqués à un degré inimaginable, monsieur.

— Alors, vous êtes venu au Maroc parce que vous pensez que la situation est meilleure ?

— Ce n'est pas comparable, monsieur !

— Je sais, je sais… En tout cas, merci d'être là, Viad. C'est le ciel ou un ange qui vous a envoyé.

J'étais si touché par ce qu'il m'a dit que j'ai proposé à Monsieur de le sortir marcher un peu. Ce jour-là, il faisait beau. Je l'ai aidé à mettre sa djellaba et nous nous sommes promenés presque une heure dans le quartier du Marché aux Bœufs.

24

MALIKA

Depuis que Viad est à la maison, j'avoue que les choses ont changé, mais j'ai l'impression que mon mari en profite plus que moi. Il sort souvent avec lui. Il a pris l'habitude de mettre sa main sur son épaule et lui demande de l'emmener au café. Pendant ce temps-là, moi, je suis à la cuisine. Ce n'est pas juste. Moi aussi j'ai envie d'aller au café boire un crème et manger un bon croissant. Tiens, j'aimerais bien aller cette après-midi à la Espagnola, la pâtisserie tenue par la veuve et les enfants d'un brave homme assassiné par la mafia hollandaise. On y sert des gâteaux succulents. Mais me montrer avec un Noir, cela fera jaser les mauvaises langues. Tout de suite on dira que j'ai un amant, noir de surcroît ! Non, il vaut mieux éviter ce genre de rumeur. Ils diront surtout que j'exploite un malheureux immigré, que la misère a rendu esclave.

Je suis submergée par les problèmes, engluée dans le naufrage, minée par le ressentiment et même par la haine. C'est le mariage et l'usure qui m'ont fait connaître la haine. Avant, je ne détestais personne. À présent, je ne supporte plus personne. Le Noir m'aide matériellement. Mais je ne supporte pas son odeur. On m'a toujours dit que les Noirs dégagent une odeur de transpiration spéciale. Je n'osais pas lui demander d'aller au hammam. J'ai demandé à mon mari de le lui suggérer. Mais c'est devenu une discussion sur les races. Car, paraît-il, nous les Blancs, nous avons aussi une odeur que les Noirs ne supportent pas. Apparemment nous sentons le cadavre ! On n'en sort pas. Un matin j'ai décidé d'en parler à Viad.

— Madame, quand je suis arrivé à Tanger, la première chose que j'ai faite, ce fut d'aller au hammam. Ensuite, pour rester propre, j'ai proposé au gardien d'y travailler en tant que masseur. Les Blancs aiment se faire masser par des Noirs. Aujourd'hui, madame, je me lave tous les matins, et je vous rassure, je suis aussi propre que vous et votre mari.

Là, j'ai sursauté. Mon mari, du fait de son état, se lave de moins en moins. Il nous arrive de nous mettre tous les deux dans la baignoire, mais il râle, et moi aussi. Viad a avoué qu'il lavait mon mari quand je sortais.

Après cette discussion, Viad a tenu à me montrer ses diplômes et des photos de sa famille. J'avoue avoir été impressionnée. Parmi les photos, il y avait celle d'une blonde, probablement une étrangère.

— C'est Solange, la femme que j'ai aimée et qui a dû quitter la Mauritanie. Nous nous voyions en cachette, comme des voleurs, jusqu'au jour où un voisin nous a dénoncés à la police qui nous a surpris dans l'appartement où elle habitait. Elle travaillait dans une banque française. Le scandale a éclaté. Moi, j'ai perdu mon travail, et Solange a dû rentrer en France. J'ai marché durant des mois, ayant en tête le rêve de la retrouver à Nantes d'où elle est originaire. Mais j'ai tout perdu, l'argent de la traversée, l'espoir de la rejoindre, l'envie de vivre. Je n'ai plus de papiers d'identité. J'ai dû tout brûler. Aujourd'hui je suis apatride. Mais, vous et Monsieur, vous pouvez peut-être m'aider à obtenir des duplicata, ensuite je demanderai un visa pour la France.

— Mon pauvre ami, nous sommes usés et nous ne connaissons personne dans l'administration. Il faut un miracle, et ça, ça peut arriver, on ne sait jamais.

25

SAMIA

15 novembre 2000

Mes pensées se sont présentées à moi dans un ordre impeccable. Je ne sais pas qui a réussi à les ranger ainsi par taille, par couleur et ensuite par ordre d'importance. Je ne savais pas par exemple que l'idée de la mort viendrait en troisième position. Il m'est arrivé d'y penser mais je ne l'ai jamais sérieusement envisagée. Ce qui vient en premier est assez étrange : je serais destinée à un avenir plein de lumière et de grâce. Qui a pu fabriquer ce pan de ma vie future ? Pourtant, rien ne me prédispose à une vie radieuse. Je regarde mes parents et je suis assez atterrée. Ils appellent ça un couple heureux. Je les observe à leur insu et je ne vois pas trace d'harmonie et encore moins de bonheur éclatant.

La deuxième pensée concerne l'écriture et surtout la lecture de la poésie. Là, je me reconnais. Je suis entièrement animée par l'amour de la poésie, pas uniquement écrite, mais aussi à travers la musique et le chant. J'écoute ma petite radio tard le soir. Parfois je tombe sur la retransmission d'un concert donné dans une grande salle à Paris ou à Vienne. J'imagine ces villes et je vois des hommes et des femmes très bien habillés, courtois, civilisés, qui font la queue devant le guichet et qui avancent délicatement pour écouter la musique. Je n'arrive pas à imaginer ce genre de situation dans mon pays. Nous écoutons de la musique lors des mariages. Musique andalouse ou chants populaires. La sono est mal réglée et les oreilles souffrent.

De là, je fais une classification simple : les Européens ont eu la chance d'avoir Mozart – c'est le seul grand musicien que je connais grâce à notre professeur de dessin ; il organisait des séances d'écoute quasi religieuse de ses sonates. Nous, nous avons la musique andalouse que je n'arrive pas à apprécier à sa juste valeur. Personne ne m'a initiée à cette musique que j'associe dans mon esprit aux mariages.

Le même professeur de dessin m'a offert un disque, *Jean Ferrat chante Aragon.* Je l'ai écouté une fois chez notre voisine, une Espagnole qui enseigne la danse. Je le garde précieusement dans l'espoir de m'acheter une petite chaîne pour l'écouter.

Je passe mes pensées en revue et j'essaie de repousser du pied la solitude qui menace de s'installer en moi pour un long séjour. Je la connais, parfois je l'aime bien et d'autres fois je la déteste et je crie pour qu'elle s'en aille. Mais elle est pleine de fiel. Elle revient sous un aspect souriant et me prend ensuite à la gorge comme une vipère qui s'amuse avec sa proie.

L'été est chaud. Tout le monde parle de la dernière manifestation contre la sécheresse. Mon père me dit que s'il était plus jeune, il se serait engagé à marcher avec les milliers de Marocains. Mais il n'est pas très actif. Il me dit ça pour se faire passer pour ce qu'il n'est pas. D'ailleurs ma mère a réagi sans pitié : « Pour marcher, il faut avoir la colonne vertébrale droite, or toi, tu marches penché ! »

Depuis, je ne peux pas m'empêcher de voir mon père de plus en plus courbé, comme s'il portait sur le dos un très lourd fardeau. L'image est laide. Mais je n'y peux rien. J'ai très tôt ressenti une sorte de déception que je n'arrive pas à décrire ni à expliquer. En fait, je pourrais tout à fait l'analyser mais je n'ai pas envie de voir en face ce que je découvrirais.

Ma mère ne cesse de dire à ses sœurs combien je suis précoce. Elle voulait que je saute une classe, mais j'ai résisté. J'arrive à avoir de bonnes notes sans faire d'effort. J'aime apprendre, j'aime l'école, et je me sens de plus en plus étrangère à ce milieu, à cette famille. Je crois que je viens d'ailleurs. J'aime le penser, j'aime le croire.

Celui qui descend des montagnes
Est un taureau borgne qui cogne les chênes
Il cligne par-delà les routes et les champs

Mourir en un clin d'œil est son destin
Je l'ai imaginé et il a vécu
Je n'ai pas peur et je tombe de mon lit
Dans un tas de mauves fraîches
Pour enfin rendre l'escargot du bled
Comestible sur le dos d'un âne
Qui fume une blonde au bout d'une tige fragile

26

VIAD

Heureusement que j'étais là ce matin. Une dispute entre Madame et Monsieur a failli dégénérer. Tout a commencé à propos d'un café crème tiède. Monsieur a crié : « Tu sais bien que je déteste le café crème tiède ; tu l'as fait exprès, juste pour me gâcher la journée. » Madame a répondu : « Oui, je l'ai fait pour t'emmerder. » Monsieur s'est levé péniblement et a essayé de frapper Madame. Il lui a jeté la tasse de café crème au visage. Elle lui a envoyé toute la cafetière qu'il a réussi à éviter. Là, j'ai dû intervenir. Ils hurlaient en arabe, en espagnol, en français. Je n'avais jamais vu une dispute de cette violence. Mes parents ne criaient jamais. Mon père obéissait calmement à ma mère. Chacun tenait son rôle. Là, j'ai l'impression qu'ils jouent une mauvaise pièce écrite par un méchant homme. Ils me font pitié. J'ai dû appeler Adam, leur fils aîné. Il était furieux.

J'en ai profité pour faire le ménage dans ce sous-sol

qui leur sert de séjour. J'ai ouvert l'unique fenêtre, j'ai nettoyé les tapis, secoué les matelas, mis un peu d'ordre sur la table qui sert de bureau à Monsieur. J'ai classé les journaux et les livres. J'ai jeté les boîtes de médicaments vides.

Vers quatorze heures, Monsieur m'a demandé de le sortir. Il m'a invité à déjeuner dans un petit restaurant japonais. Il n'a pas bon appétit. J'ai dû terminer ses plats. En rentrant, il s'est endormi. Madame m'a convoqué à la cuisine pour que je lui raconte ce que nous avons fait. Elle disait souvent « le salaud, l'égoïste ». Je ne répondais rien. Elle m'a hurlé :

— Tu te prends pour l'ONU ?

— Non, madame, on m'a appris à ne jamais me mêler de ce qui ne me regarde pas.

Devant ce nouveau désastre, leur fils les avait encouragés à se séparer. C'était la première fois qu'il avait osé le suggérer à sa mère. Madame l'a très mal pris et s'est évanouie. Monsieur, lui, a juste dit :

— Ce n'est rien, elle joue la comédie.

Je me demande souvent ce que je suis venu faire dans cette galère. Je suis nourri, logé et je rends service à des personnes qui ne se supportent plus.

Découragé, le fils est reparti en pestant. Il a eu le temps de me remercier pour ce que je fais pour ses parents.

Le soir j'ai eu du mal à m'endormir. Je me demandais comment une telle haine pouvait s'installer chez deux êtres qui avaient dû être heureux. Pourquoi ne se supportaient-ils plus ? D'où venait cet enfer et pourquoi aucune solution n'était possible ?

Même si j'ai abandonné l'idée d'émigrer en Europe, l'envie d'aller ailleurs me taraude. Mais je n'ai pas le courage de laisser ces pauvres vieilles personnes se saccager seules. Mon devoir est de les aider.

Le lendemain matin, après les courses et le ménage, je suis allé faire un tour au cimetière. J'ai pris des nouvelles de mes anciens compagnons d'infortune.

Diallo est parti sur une barque et personne ne sait s'il a réussi la traversée ou bien s'il s'est noyé. Récemment, la police a fait une descente et a emmené trois nouveaux gars, probablement des Maliens. Le gardien m'a dit que le roi avait décidé de donner des papiers aux Africains. Il m'a conseillé d'aller me présenter à la préfecture de Dradeb. Je n'ai pas confiance.

Je suis retourné à la maison où apparemment les vieux dormaient.

Madame n'aime pas les fruits et légumes que j'ai achetés ce matin.

— Chers et pas bons !

— C'est le marché, madame, je n'y peux rien. Vous pouvez aller vérifier les prix des choses.

— C'est ça !

Aujourd'hui, c'est le jour des médecins. Je dois accompagner Monsieur à la clinique Assalam pour plusieurs examens. Les médecins et le personnel sont aimables. Le comptable a accepté d'être réglé par chèque, ce qu'il refuse d'habitude. Le cardiologue est inquiet. Les chevilles de Monsieur ont encore enflé. Il m'a dit, comme si j'en avais le pouvoir : « Il faut qu'il marche ; faites-le marcher une heure par jour, c'est important. » J'ai acquiescé et nous sommes repartis en taxi à la maison.

À l'école, à Nouakchott, j'ai appris l'arabe classique. Depuis que je suis dans ce pays, je m'exerce pour ne pas l'oublier, mais les Marocains se moquent de moi et me corrigent tout le temps. Du coup je me suis mis à la darija, qui est un arabe moins rigoureux que le classique.

Avec Madame, je parle un mélange d'arabe et de français. Elle me répond toujours en darija et parfois je ne comprends pas les mots qu'elle utilise. Ainsi, l'autre jour, j'ai acheté des carottes. Pour moi on les appelle en arabe « *khizzou* », elle les nomme « *dja'ada* ». Pour elle, la valise se dit « *chanta* », moi je dis « *maleta* » ou « *valisa* ». Ainsi, je me cultive tout en essayant de trouver des solutions pour apaiser ces vieilles personnes. Ce petit travail linguistique leur fait du bien, j'ai l'impression.

Quand je sors Monsieur, je le sens moins malheureux et même moins malade. On se met à la terrasse du Café de Paris, où il est connu, il commande un café crème chaud, moi une orange pressée, et il regarde les gens passer. Il faut dire que c'est un lieu très fréquenté. Au bout d'un moment, il me dit :

— Quatre-vingt-dix !

— Quatre-vingt-dix quoi ?

— Quatre-vingt-dix filles et femmes voilées sur cent ! Je les ai comptées. Elles se couvrent la tête avec un foulard qui empêche les cheveux de respirer. C'est un drame. Un jour elles vont se rendre compte qu'elles n'ont plus de cheveux. Tout ça, c'est récent. Avant, les femmes portaient un hijab qui leur arrivait au niveau du nez, c'est tout. Aujourd'hui elles affichent leur appartenance à un islam rigoriste pour que les hommes ne s'amusent pas à les harceler. C'est comme du temps du prophète.

— Nous ne sommes plus au temps du prophète !

— Justement, mais c'est l'ignorance qui domine. Je vais te raconter l'histoire du voile, il est question de cela dans la sourate « Les Factions ». Des femmes sortaient le soir faire leurs courses. Il faisait très chaud, elles attendaient le coucher du soleil pour sortir. Des hommes les harcelaient, les prenant pour des femmes de mauvaise vie, des prostituées. L'une d'elles s'est plainte auprès de Mohammad, le prophète. Un verset est tombé alors. Le voici : « Ô Prophète, dis à tes épouses, à tes filles et aux femmes des croyants de se couvrir de leurs voiles : c'est pour elles le meilleur moyen de se faire connaître et de ne pas être offensées. » Tout le reste, c'est de l'interprétation abusive.

Après un moment, je lui demande si sa femme et sa fille, dont il m'a parlé une fois, se voilaient.

Il tape la table de son poignet au point de renverser la tasse de café :

— Ne parle jamais de ma fille ! Jamais !

Je me suis excusé et n'ai plus rien dit. Le garçon lui a ramené un nouveau café crème chaud. Il a bu une ou deux gorgées, puis m'a dit :

— Ma femme a toujours caché ses cheveux, même quand on est seuls à la maison. Quand il nous arrivait d'aller en vacances en Espagne, elle changeait du tout au tout. Fini la djellaba, le voile, et tout ce qui rappelle qu'elle est musulmane. Elle devenait européenne, enfin, elle essayait de faire comme si elle était espagnole. La pauvre, elle était ridicule. Mais au moins je pouvais voir sa chevelure prise dans le vent. De retour au pays, elle redevenait laide, car le foulard a pour mission d'enlaidir les femmes pour qu'aucun homme ne s'approche d'elles. Ma femme n'a pas besoin du voile pour faire peur aux hommes, la preuve, à presque quatre-vingts ans, j'ai encore peur d'elle ! Tu imagines !

Je n'ai pas osé lui demander pourquoi il restait avec elle. Mais j'ai compris que quelque chose les retenait prisonniers de cette relation toxique. Mais ce ne sont pas mes affaires. Je me tais et je travaille.

27

SAMIA

21 novembre 2000

Tout s'embrouille dans ma tête. Je ne suis plus capable de raconter ce qui m'est arrivé. Je reprends depuis le début.

La seule fois où je suis entrée dans l'appartement de Khenzir – je l'appelle ainsi, cela signifie « cochon » en arabe – il y faisait très sombre. Les rideaux étaient tirés. Une odeur de parfum indien désagréable flottait dans l'air. Il y avait trop de choses. Des tapis aux couleurs foncées au sol, partout des petites tables exotiques, des tissus suspendus aux murs. Une ambiance étouffante. J'ai failli me lever et partir. Au moment où j'ai fait le geste de vouloir ramasser mon cartable, une main quasi métallique me retint. Je ne pouvais plus bouger ni me lever. Il me dominait et je me sentais toute petite. J'ai pris peur. Il a mis une musique de Ravi Shankar qui m'a fait sourire. Puis il m'a tendu un verre de thé que j'ai décidé de ne pas boire. Tranquillement, il s'est installé à mes côtés et a ouvert un dossier bleu. Il sentait le vieux. Il avait cette haleine qu'ont les vieux qui se négligent.

— Ton poème est magnifique. Tu as un don inestimable, même si j'ai repéré quelques maladresses. On va étudier tout ça. Approche-toi, n'aie pas peur. Dans la poésie il y a le sens de la communion. Alors laisse-toi aller. Ton cœur m'a parlé, il faut que le mien te réponde, alors approche pour l'écouter.

Le fait qu'une personne prenne aussi au sérieux ce que j'écrivais me donna l'impression d'être quelqu'un. J'écrivais dans la solitude, mais mon espoir était de partager mes mots, d'être lue et reconnue. Khenzir répondait à cette attente profonde, même s'il me mettait très mal à l'aise. Je sentais désormais que fuir était impossible. Il avait tout prévu. La carotte et le bâton.

Plus il lisait, plus je sentais son corps anguleux se rapprocher du mien. Je le repoussai doucement. Il s'excusa et continua à commenter ma poésie.

— Il faut que tu boives ce thé que j'ai préparé moi-même en y ajoutant des herbes bienfaisantes venues de très loin. Un ami me les a ramenées d'Inde et je ne bois que ça.

J'y plongeai les lèvres et je faillis tout cracher. J'avalai difficilement et déposai le verre sur la petite table basse. Je crois que le peu que j'ai bu a fait effet. Ma tête s'est mise à tourner et je sentais ma volonté me fuir. J'avais perdu le contrôle de moi-même. Je l'entendais me dire : « Laisse-toi aller, fais-moi confiance, tu verras, je suis un homme doux et gentil… »

Le Khenzir s'empara de moi et ce dont je me souviens c'est le mal que faisaient ses coudes et ses doigts dans ma chair. On aurait dit des piques ou des clous. Je me débattais. Il était plus fort que moi. Il savait comment immobiliser un corps et en faire ce qu'il voulait. Je me rendais compte que c'était un spécialiste. Je réussis à me délivrer un instant et à lui donner un coup de pied puissant dans le ventre. Il lâcha prise et se mit à hurler en proférant des menaces. J'étais encore consciente. Je priai Dieu et ses prophètes pour qu'ils me délivrent des crocs de cet animal enragé. J'appelai aussi à l'aide ma mère, mon père. Il enfonça un chiffon dans ma bouche. Je crus que j'allais étouffer. Une gifle magistrale me mit par terre où mes textes gisaient froissés et déchirés. La bataille devint inutile. Je perdis connaissance. Quant à Dieu, ses prophètes, mes parents, les voisins… ils m'abandonnèrent tous.

Le reste, ce qui s'est passé alors que j'étais évanouie, je ne peux pas le décrire. Quand je revins à moi, il était toujours tout près de moi, riant et buvant de l'alcool. Je crus entendre quelque chose comme « pour être publiée, il faut payer. C'est donnant donnant ».

Là, je vomis sur ses pieds qui ressemblaient à des pinces. Il hurla et me donna une autre gifle.

Je m'emparai de la petite table à thé et la jetai de toutes mes forces dans sa direction. Il l'évita mais tomba en se faisant mal. Tout d'un coup j'aperçus un grand couteau posé sur le bord de la table de la cuisine. Il se rendit compte que je l'avais vu. Il se précipita et le cacha dans un placard. Il ne me restait plus que le tourne-disque à lui balancer au visage. Ce que je fis. Il me roua de coups et c'est là que je sus qu'il avait réussi à me violer une deuxième fois. Il y avait du sang entre mes jambes, sur le tapis sombre, sur mes poèmes éparpillés par terre. Je titubai, je m'accrochai aux rideaux et je me trouvai à un mètre de la porte. Je pris un cadenas qui était posé à l'entrée et lui envoyai au niveau des testicules. Il se plia en deux de douleur, j'attrapai les clés, ouvris et sortis en pleurant et hurlant au secours. Personne ne répondit à mes appels. Je me suis retrouvée ainsi vers vingt heures rue Goya, juste à la sortie de la séance de cinéma. J'étais comme une clocharde. Les gens me jetaient des regards de réprobation.

Mon corps m'a échappé. Il ne m'appartenait plus. Je ne le sentais plus. Le monstre s'acharnait dessus comme un porc affamé, comme une hyène blessée, comme un individu banal qui a renoncé à son humanité. J'ai encore en moi son haleine fétide, ses dents jaunes et ses yeux jaunes aussi. Je suis pleine d'immondices, lourde des déchets ingurgités durant le viol. Je suis lourde de sa pisse, de sa salive et de ses excréments. Je suis une poubelle et je n'ai plus qu'à attendre le passage des éboueurs pour être ramassée et jetée de la falaise des rats et des charognes.

En rentrant chez moi, heureusement mes parents

n'étaient pas là. Ils devaient être invités chez des cousins. J'avais envie de mourir tout de suite. Mais auparavant il fallait que je nettoie toute cette saleté. Mourir ou retourner chez le Khenzir pour le tuer. L'idée de la mort était partout. L'un de nous deux devait disparaître. Tout en me lavant, j'élaborais des plans pour réussir un meurtre parfait.

J'avais beau frotter ma peau, passer et repasser le savon sur tout mon corps, je me sentais sale, très sale, de l'extérieur et de l'intérieur. Je ne savais pas comment me débarrasser de cette khenziria, de cette odeur de pourriture à laquelle s'ajoutait sa mauvaise haleine de vieux. Au bout d'une heure, j'étais tellement lasse que je décidai d'aller dormir.

Je me jetai sur le lit et dormis comme une bête blessée. Sommeil agité. Je poussais des cris. Je transpirais. Le matin j'étais étendue par terre. J'étais tombée du lit mais je n'avais rien senti. C'était mon âme qui était en piteux état, déchiquetée en mille morceaux.

Le lendemain c'était un dimanche. Je demandai à ma mère de m'emmener au hammam, espérant que Fakrya, la masseuse noire, accepte de gratter ma peau jusqu'à enlever tout ce qui l'avait souillée.

La douleur physique et morale était doublée de honte. La honte et le silence. Ne rien dire. Garder tout pour moi. Je n'avais pas le courage de raconter ce qui m'était arrivé. Fakrya me massa longtemps avec beaucoup de soin. Ma mère me fit remarquer qu'à force d'enlever les peaux mortes, il n'y aurait plus de peau.

Oui, j'aurais voulu changer de peau. Échanger la mienne qui avait subi l'horreur pour une nouvelle peau, toute neuve.

Je passai le reste du dimanche dans ma chambre. J'écrivis des vers fades. Les mots me manquaient pour décrire ce que j'avais vécu. Je renonçai à écrire et me mis à lire Gérard de Nerval.

Je me dis que de la vie
Je ne connais rien
Peut-être la fraîcheur du vent
L'attente de l'amour
Le besoin de vider mon corps de toutes ses larmes
Pour être légère
Monter à cheval
Et aller courir sur le sable
Les yeux fermés

28

MOURAD

Un souvenir me hante. Il revient chaque fois avec la même précision : les images, les mouvements, la rage mêlée de honte et de peur. J'écoute du fond de mon lit, de plus en plus creux, l'angoisse de ce matin de décembre. Une chose qui me serre la gorge, qui fait couler dans mes veines un sang froid.

Il remonte à l'époque où j'acceptais mes toutes premières enveloppes. Je ne sais pas pourquoi, mais l'entrepreneur l'avait glissée dans un livre de cuisine chinoise. Il me dit : « C'est un cadeau pour Madame, elle vous fera des petits plats succulents ; il suffit d'ouvrir le livre et de suivre les indications… »

Mes collègues avaient l'habitude de recevoir de l'argent sale. Ils ne réagirent pas, firent semblant d'être occupés par leurs dossiers.

J'ai emporté le livre à la maison et l'ai remis à ma femme. Elle n'a pas deviné ce qu'il y avait dedans et a cru que le livre de cuisine était une façon de lui faire un reproche déguisé. Elle m'a dit :

— Tu n'aimes plus mes petits plats ? Tu veux que je me mette à faire des chinoiseries ?

En ouvrant le livre, l'enveloppe est tombée et les billets de banque se sont éparpillés sur le sol. Elle a éclaté de rire et m'a dit :

— Viens que je t'embrasse, enfin tu es en train de devenir un homme, un vrai.

Je n'ai pas répondu, j'ai laissé passer et j'ai baissé les yeux. Être un homme ! Un vrai ! C'est quoi ? C'est avoir de l'argent ? Surtout de l'argent sale ! Pour pas mal de mes compatriotes, l'argent et la puissance sexuelle vont ensemble. D'un homme fortuné, on dit : « Il est en bonne santé. » À cette époque, à les écouter, je n'étais donc pas en bonne santé puisque je n'arrivais pas à joindre les deux bouts.

Cela n'a pas arrangé ma vie maritale. Plus Malika était satisfaite financièrement, plus elle était frustrée. Quant à moi, plus j'acceptais la corruption, moins j'avais de désir pour elle. Nous avons passé le cap des sept ans de mariage. Mais je bandais mou. Je ne sais pas pourquoi, quand nous nous mettions au lit, je ne cessais de penser aux billets qui tombaient du livre de cuisine chinoise. Elle m'accusait de la tromper, alors qu'à l'époque je ne fréquentais pas d'autres femmes.

— T'es jeune, tu dois bander comme un taureau, et là, qu'est-ce que tu me fais ? Tu te moques de moi, qui est ta maîtresse qui pompe toute ton énergie ?

— Il n'y a pas de maîtresse. Je suis le premier étonné. Je vais aller consulter un médecin, je te le promets.

Si j'étais devenu corrompu, un petit fonctionnaire de troisième catégorie qui arrondit ses fins de mois en marchant sur sa dignité, c'était à cause d'elle. À chaque fois qu'elle revenait du hammam, j'avais droit à une leçon de sa bonne morale :

— Tu n'as pas à te sentir coupable. Tu ne fais rien de mal, tu t'adaptes à ta société, si elle est pourrie, ce n'est pas de notre faute. Arrête maintenant de nous la jouer « conscience malheureuse », tu es comme tout le monde, un homme qui complète son salaire en puisant dans la poche de ceux qui ont besoin de ta signature. C'est tout. Je suis certaine que c'est cette maudite conscience qui t'empêche de bander. Encore un effort, Monsieur Honnêteté !

L'un de mes deux collègues venait de partir à la retraite. Il avait tout fait pour rester travailler un an ou deux de plus, sinon ce serait pour lui la fin des enveloppes. Mais maintenant, c'était définitivement terminé. Il était si malheureux, si contrarié qu'on avait envie de le consoler. Je me mis à mon tour à calculer les années qui me restaient avant d'atteindre la soixantaine. Cinq ans encore ! Cinq ans où il faudrait que je mette les bouchées doubles pour ne pas me retrouver comme mon voisin, confronté à une réalité que j'avais perdue de vue. À la retraite le collègue découvrait qu'il avait des crédits à rembourser et qu'il n'avait absolument pas les moyens de le faire.

Avec le temps, j'étais devenu un bon citoyen, un de ces Marocains qui passent leur vie à s'arranger. Je me disais, je me suis arrangé avec tout, avec la morale, avec la conscience, avec la religion, avec Dieu, avec les autres, mais je n'ai pas réussi à m'arranger avec ma femme.

Mon image n'était plus floue comme au début de ma carrière. À présent, elle était nette et précise. C'était celle d'un salaud satisfait, un bon Marocain corrompu et infidèle. Je devais non seulement me faire à cette image, mais je devais aussi la trouver juste et légitime.

Ma femme, de plus en plus superstitieuse, était persuadée que la tragédie que nous avions vécue était une punition de Dieu. Je n'entrais pas dans ce genre de raisonnement, je l'écoutais et puis je pensais à autre chose.

Après cette tragédie, ma vie n'a plus eu ni sens ni valeur. Alors, autant devenir quelqu'un de quelconque, avec une bonne dose de médiocrité, un peu de vulgarité et beaucoup d'indifférence. C'est le cas d'un nombre impressionnant de citoyens, qui ne s'en plaignent même pas.

29

SAMIA

3 novembre 2000

Mon existence est une erreur. J'ai raison de vouloir m'en aller. Dieu n'y est pour rien, mon père et ma mère non plus. Depuis que j'ai compris que je n'avais plus ma place ici, je me sens légère et prête à partir. Je me suis longtemps fait des idées sur la vie et sur la mort. J'étais malheureuse et je ne disais rien. Mon silence a été mon refuge, ma retraite. Je me demandais souvent ce que j'étais venue faire dans cette famille où personne n'était à sa place. Mes parents, mais pour être plus juste, surtout ma mère, étaient esclaves de la tradition dans ce qu'elle a de plus rétrograde et imbécile. Et puis ses manies et ses superstitions me fatiguaient. Le monde était divisé entre ceux qui donnaient le mauvais œil et ceux qui en étaient victimes. Évidemment elle se mettait dans le camp des victimes. Je ne comprenais pas comment un seul regard pouvait transmettre la maladie et le malheur.

Peut-être s'aimaient-ils au moment de ma naissance. Il me semble qu'il y avait de la tendresse entre eux, du moins un mélange de sentiments et de respect des traditions. Mais ce que je ne supportais pas c'était leur rapport à l'argent. Ma mère avait hérité de ses parents leur avarice. Elle reproduisait chez nous l'atmosphère dans laquelle elle avait été éduquée.

Le renouvellement de notre chaudière à gaz avait ainsi provoqué un vrai psychodrame familial. Ma mère préférait la chinoise, beaucoup moins chère. Mon père était du côté du plombier, qui conseillait une chaudière allemande, beaucoup plus solide et fiable. Les journaux avaient rapporté plusieurs cas de panne et de fuite des modèles chinois. Cela aurait dû les alerter. Ma mère ne voulait rien entendre. Alors mon père préféra céder plutôt que de s'opposer à elle. Il allait à son bureau, voyait des amis puis rentrait à la maison comme s'il poussait la porte d'une prison.

Témoin muet de ce drame, je me considérais comme une erreur dans cette famille. Je lisais en cachette *De l'inconvénient d'être né* d'Emil Cioran, un livre de poche usé acheté sur les trottoirs de la vieille ville. Le livre était souligné presque partout. Il avait appartenu à un nommé Guillaume. Tant de lucidité me fascinait. Je recopiais certaines phrases dans mon journal. Mais ce n'est pas à cause de cette lecture que j'ai décidé de m'en aller. Le parfum de la liberté me guide, je ferme les yeux, je ne provoque rien. La suite ne sera pas de mon ressort.

Cette après-midi mes parents se sont absentés. Je suis seule dans la maison. Je suis assise à la table de la cuisine, j'écoute la poésie qui s'impose à moi avec une telle évidence. J'écris en sachant que ce seront probablement les dernières pages de mon journal et mes ultimes poèmes. Je ne peux pas expliquer pourquoi j'ai ce pressentiment, mais j'en suis profondément convaincue. Les mots se précipitent dans ma tête. Des mots et des couleurs. Si j'avais de la peinture et des pinceaux, je peindrais une toile immense.

L'homme était laid. Sa maigreur avait quelque chose de maladif. Son regard derrière des lunettes à double foyer perçait le corsage des jeunes filles et les déshabillait sur-le-champ. Il avait ses méthodes et ses pièges. J'ai voulu aller voir de près. Au lycée, on parlait entre nous de cet ogre qui rôdait autour des petites filles. On n'imaginait pas ce qu'il faisait. C'était quelque chose de l'ordre du mystère captivant. Je me croyais forte et maligne. Je me disais que jamais je ne tomberais entre ses griffes. Il avait un journal, cette feuille pliée en deux où il publiait la poésie de ses victimes. Moi aussi, je voulais publier mes poèmes. J'avais besoin de les voir imprimés. Je savais que cette feuille n'était diffusée qu'à Tanger, dans quelques kiosques à journaux. Il ne publiait que les poèmes des jeunes filles, et avait publié entre autres ceux de ma cousine. Il ignorait les écrits que des garçons lui adressaient.

Mon temps libre, je le passais à lire. Je lisais tout ce qui me tombait sous la main. J'ai même lu un gros livre sur les abeilles. Mais je préférais la poésie. J'apprenais par cœur des vers de Rimbaud et de Verlaine. Je recopiais dans mon journal des strophes de Baudelaire. Cette lecture assidue débouchait naturellement sur l'envie d'écrire. J'étais naïve, mais sincère. J'ai montré une fois mes poèmes à notre professeur de français ; il y jeta un regard, fit une moue étrange et me rendit mon cahier. J'étais mortifiée. J'avais envie de pleurer. C'est fou comment on peut assassiner quelqu'un avec une moue. Ce jour-là, j'ai vu l'horrible « éditeur » de la feuille de poésie. Il est venu vers moi, comme s'il avait appris que mon prof m'avait humiliée. Il m'a tendu la main comme si je devais lui donner quelque chose. Il m'a dit : « Je veux tes poèmes. » Sans réfléchir, sans hésiter, je les ai déposés entre ses mains maigres aux doigts effilés.

Le lendemain il était de nouveau à la sortie du lycée, côté rue Tolstoï. Il s'est approché de moi comme si nous étions de la même famille et m'a dit : « Ils sont très beaux, il faut qu'on en parle ; aurais-tu un moment demain samedi vers cinq heures ? J'habite au-dessus du café Porte, tu connais ? Premier étage, porte A. »

Le soir, j'étais partagée entre l'excitation et la méfiance. Cet horrible personnage me faisait peur. Mais je me sentais assez forte pour résister à sa violence.

Son visage, sombre et anguleux, trahissait une âme noire et malfaisante.

Une crainte décisive se déchire
Tombe en lambeaux sur mes pieds nus
Vers l'inconnu je vide les larmes
Farouche, les yeux bandés

30

VIAD

Ce matin j'ai accompagné Madame au cimetière. Elle m'a demandé de nettoyer une tombe. Dès qu'elle s'est assise sur la dalle de la tombe voisine, elle s'est mise à pleurer et à parler en même temps, comme si la personne sous terre était là à l'écouter. J'ai réalisé qu'il s'agissait de la tombe de sa fille. Elle disait : « Tu vois ma fille, je ne pourrai jamais t'oublier ; je viens te voir et te mettre au courant de ce qui se passe dans la maison. Je suis malade, je prends plus de dix médicaments par jour, certains soignent le corps, d'autres essaient de guérir mon chagrin, le malheur que je porte en moi depuis si longtemps. Ton frère Adam a de gros problèmes à son travail, je pourrais l'aider, le soutenir, mais sa femme, jalouse et égoïste, ne le laisse pas venir nous voir. Ton père lui aussi est malade, mais il exagère, il pense que sa fatigue est plus grande que la mienne. Il se plaint tout le temps. Il n'est jamais content. Je fais ce que je peux pour alléger son mal, mais il est méchant, il n'a aucune tendresse à mon égard, il ne pense qu'à lui, il lui arrive de sortir et de ne revenir que très tard dans la nuit, je ne pose pas de question, je regarde ma vie se dérouler misérablement et je remercie Dieu, au moins lui, je veux parler de Dieu, il sait tout, il est puissant et miséricordieux, il connaît la vérité de chacun. J'attends qu'il me rende justice. Ma vie, notre vie est devenue d'abord un désert, ensuite un enfer. La culpabilité. Voilà ce qui mine notre vie. Je me sens coupable. Ton père se sent coupable. On se le reproche mutuellement, c'est de plus en plus lourd et insupportable. Il y a un avant et un après ce jour funeste où nous sommes partis aux fiançailles de ton cousin à Tétouan ; toi, tu voulais rester seule, tu voulais prendre du temps pour te laver et faire tes devoirs. J'arrête là, car je ne peux plus parler. »

Elle s'est immobilisée un moment, m'a donné des pièces à distribuer aux mendiants, puis a exigé qu'ils s'éloignent, qu'ils la laissent en paix. Je les ai fait partir, ce qui n'a pas plu à certains qui m'ont lancé quelques gentillesses : « Remonte dans ton arbre, tu y seras très bien avec les corbeaux ! Se faire refouler par un nègre ! Mais quelle décadence ! » Dans les cimetières, les mendiants sont méchants.

Elle n'a pas réagi aux insultes des mendiants et a repris son discours :

« Je sais que tu es au paradis. Je n'ai là-dessus aucun doute. Innocente, vierge, douce et belle, tu le mérites.

Avec moi et ton père, je ne sais pas si Dieu sera clément. Notre vie est devenue un enfer. Je me répète. Je sais. Mais ce sont toujours les mêmes mots qui viennent. J'ai longtemps refusé de l'admettre, mais nous ne nous supportons plus. Il faut dire que depuis ton départ si violent, si cruel, nous avons perdu l'envie de vivre et d'aimer. Ton père s'arrange avec la morale et fait ce dont il a envie sans avoir le moindre remords. Il est persuadé que tu es partie à cause de moi. Comment aurais-je pu mettre en danger la vie de ma fille adorée ? Il dit que lui aurait choisi la chaudière allemande, plus fiable, et que moi, par souci d'économie, j'avais opté pour la chinoise. Il a peut-être raison. Mais je ne savais absolument pas que ces chinoiseries étaient des engins de mort. Depuis, plus personne n'achète ce genre de produit. »

Après un long moment de silence et de recueillement, Madame s'est levée en s'appuyant sur mon bras. Elle m'a lancé un regard de reconnaissance et m'a dit :

— Toi, tu es brave et solide, je sais que je peux compter sur toi.

J'ai profité de ce moment pour lui demander si elle avait pu contacter son neveu qui travaille à la préfecture pour la régularisation de ma situation. Elle m'a dit : « J'ai oublié. Promis, je m'en occupe dès demain. »

Le voisin de gauche a entamé de nouveaux travaux dans sa villa. Les bruits de démolition et de perceuse nous crèvent les oreilles à longueur de journée.

Madame hurle de douleur. Monsieur met son casque pour écouter la retransmission d'un concert à la télévision. En plus des vibrations insupportables, des débris du chantier jonchent le sol de la maison. J'ai beau nettoyer, il y en a toujours. À la demande de Madame, je suis allé négocier avec les ouvriers pour qu'ils fassent moins de bruit. J'ai été reçu comme un malpropre. Des insultes racistes évidemment, des gestes vulgaires, des cris et des rires. Je suis rentré bredouille. Décidément, les Marocains n'ont aucun sens du civisme. Je ne dis pas que chez moi c'est mieux, mais on fait un peu attention aux autres. J'ai appris que le propriétaire de la villa est un médecin. Il n'a rien à faire des plaintes des voisins. Il méprise tout le monde. Je n'aimerais pas qu'il me soigne un jour.

Un mois après la visite au cimetière Madame m'a donné les papiers à remplir en vue de ma régularisation. Elle m'a dit : « Ordre de Sa Majesté ! Que Dieu le garde et lui donne longue vie ! » Je ne savais pas que Sa Majesté était au courant de mon cas.

J'ai passé des heures à peser mes mots en remplissant les documents. Je n'écrivais que des vérités. J'ai donné mon vrai nom, mes date et lieu de naissance, mes diplômes, que j'avais précieusement gardés dans la doublure de mon sac, mes références. Je devais être un des rares Mauritaniens à être parvenu jusqu'à Tanger. En terminant, j'ai écrit au crayon « Vive le roi ». Personne ne pourra me le reprocher. Après tout c'est grâce à lui que des dizaines de milliers d'Africains ont aujourd'hui des papiers. Certains travaillent et se sont même mariés avec des Marocaines. Le jour où j'aurai mes papiers, j'irai seul sur la tombe de Samia et moi aussi je lui raconterai ma vie.

31

ADAM

Si je devais écouter toutes les jérémiades de ma mère, je serais déjà à l'hôpital psychiatrique. Mais c'est ma mère et mon éducation fait que je ne peux pas la contrarier et lui dire tout ce que je pense. Quand j'arrive à la maison, je commence par l'embrasser et, comme dans la tradition, je lui baise les mains. Je fais de même avec mon père. Cela n'empêche pas ma mère de s'en prcndre à moi et à ma femme. Un jour, j'ai compris qu'elle n'aime personne. Moi, je suis d'un tempérament optimiste. J'aime la vie, j'aime recevoir, faire des cadeaux, j'aime rire et prendre les choses du bon côté. Mais, avec ma mère, rien ne va. Véritable mère juive – un jour je le lui ai dit en m'amusant, elle l'a tellement mal pris que j'ai dû m'excuser et lui expliquer la métaphore ! –, elle veut tout diriger, tout contrôler, tout dominer. Elle manque d'amour. Mon père ne l'aime plus depuis longtemps. Cela se voit tout de suite. Il est ailleurs, dans son monde, entre ses livres, ses films et ses disques de jazz.

Avant que sa santé ne se dégrade, j'ai imaginé un plan pour qu'il réalise son fantasme, passer une nuit dans les bras d'une femme dans le genre d'Ava Gardner, son actrice préférée. Des semaines à l'avance j'ai tout préparé minutieusement. J'avais trouvé l'argent, la femme et le prétexte.

Pour l'argent, je venais de recevoir ma prime annuelle et j'avais décidé de la partager avec lui. Pour la femme, Maria était une amie d'une amie ; elle ne cracherait pas sur un petit voyage agréable, à Marbella, par exemple. Restait le prétexte. Il ne pouvait être que médical. J'ai réussi à le convaincre d'aller en Espagne consulter le docteur Azancot, fameux urologue. Je ne lui ai évidemment rien dit de la femme.

Il fallait seulement que ma mère accepte qu'il parte à Marbella. Le problème s'est résolu tout seul, le passeport de ma mère était périmé ; le temps de le refaire et de demander un visa était trop long. Ensuite, j'ai joué sur le terrain médical. J'ai dit à ma mère qu'il allait consulter un spécialiste pour ses problèmes de vessie et de prostate et que je devais l'accompagner parce que c'était une affaire d'hommes. Curieusement, elle n'a pas protesté. Elle a accepté en faisant juste une petite remarque : « Il n'y a plus d'urologue à Tanger ? » « Mais, ils ne sont pas bons, maman ! »

Quand, à l'embarcadère de Tanger, j'ai présenté Maria à mon père, j'étais un peu gêné. Je ne savais pas comment lui présenter les choses. Mais Maria a tout de suite pris la situation en main. Et tout s'est déroulé alors à la perfection. Le temps était beau, Marbella est assez agréable l'hiver, désertée par les touristes, et Maria a très bien joué son rôle. Mon père a tout de suite compris et lui aussi a joué le jeu comme un vrai comédien. Il s'est amusé, a pris un peu de bon temps et a amassé un peu d'énergie et de courage pour supporter sa vie dans le sous-sol.

Je le regardais joyeux et rayonnant et je me disais que mon père méritait ce cadeau. Il n'y avait là rien de mal. Passer deux journées et une nuit en dehors de la maison qui sentait le malheur et l'humidité malsaine ne pouvait que lui faire du bien. Ma mère n'était au courant de rien.

Maria fut formidable. Tenir compagnie à un vieil homme charmant et gentil, un homme qui aime beaucoup les femmes, était un service qu'elle me rendait volontiers. Mon père m'a raconté un jour qu'il considérait le film de François Truffaut *L'homme qui aimait les femmes* comme le plus beau du réalisateur et le plus bel hommage à la séduction jamais tourné. Il était persuadé que ce film avait été réalisé pour des hommes comme lui. Pour lui, être avec une femme, même s'il ne se passait rien de sexuel, était essentiel à la vie.

Avec Maria, il ne fut évidemment pas question de sexe. Elle avait la cinquantaine, était divorcée et sans enfant. J'ai su qu'ils s'étaient promenés longuement, que Maria avait fait du shopping et que papa avait été aux anges du matin au soir, car il avait oublié qu'il pouvait encore avoir dans la vie des petits moments de bonheur.

Je me suis mis à rire en imaginant un scénario analogue avec ma mère. Rigide et sans aucun humour, elle aurait pris ma proposition comme un péché que Dieu ne pardonnerait jamais. Elle m'aurait certainement traité de tous les noms et aurait accusé ma femme d'avoir eu cette idée saugrenue et satanique ! Pas question de la mettre entre les bras d'un gigolo, mon idée c'était plutôt de lui offrir quelques jours ailleurs avec une de ses copines. Mais elle n'avait pas de copine. J'eus beau chercher, il n'y en avait pas. Je finis par renoncer à cette idée. Mon but était juste de faire entrer dans ce sous-sol un peu d'air frais, un peu de vie et de joie. Avec elle, ce n'était tout simplement pas possible.

Je me suis souvent demandé si c'était vraiment le rôle d'un fils de procurer des moments de plaisir à ses parents quand le corps commence à décliner. Je n'ai jamais trouvé la réponse. À ma manière, en ne me prenant pas trop au sérieux, j'ai essayé à chaque fois que je l'ai pu d'éviter que ne se produisent des drames entre eux. Je n'en ai évidemment parlé ni à ma femme ni à personne. C'était mon secret.

32

MONCEF

Je suis celui qui n'apparaît pas dans cette histoire. Je suis le petit frère de Samia et d'Adam. J'ai toujours suivi mon instinct et tout jeune j'ai compris que j'étais tombé dans une famille où rôdait la folie, en tout cas quelque chose de malsain. J'ai décidé d'échapper à cette malédiction. Le mot est fort, c'est vrai, j'exagère sans doute un peu.

Je ne suis pas très malin, mais je cerne bien les gens. Rien ne fonctionne normalement dans ma famille. Peut-être que tout allait mieux avant ce qu'ils appellent « le jour funeste de la tragédie ». En tout cas je ne me souviens pas de cette période. J'avais deux ans quand ça s'est passé. En revanche toute mon enfance a été marquée par cette histoire qu'on racontait sans vraiment nommer les choses. On me laissait deviner ce qu'il s'était passé. Le jour de mes sept ans, il y eut un tremblement de terre dans le nord du pays. On a ressenti des secousses à Tanger, mais qui n'ont pas causé de victimes. Ce jour-là, bizarrement, j'ai compris quelque chose du tremblement de terre familial. Je n'ai jamais cherché à aller plus loin. J'ai préféré partir, en fait, fuir.

L'année où je préparais le bac, j'ai fait des recherches. J'étais à l'affût d'un point de chute, le plus éloigné possible de la famille. Au départ je rêvais de l'Australie. Je me disais, il n'y a pas plus loin, c'est le bout du monde, là-bas personne ne viendra me chercher. L'Australie, c'est le pays que citait souvent mon père quand la situation au Maroc l'énervait. C'est là qu'il fallait que j'aille. J'ai vite déchanté quand j'ai vu les conditions d'entrée dans le pays et me suis contenté d'un rêve plus modeste et surtout plus réalisable : le Canada. Après quelques semaines, j'étais devenu incollable sur ce pays, son climat, son histoire, ses paysages, son économie, sa politique.

Il était facile d'émigrer dans ce pays. Avec mon dossier (mention très bien au bac mathématiques), je n'eus pas de mal à être accepté dans une grande université, à obtenir une bourse d'études ainsi qu'un visa et un billet d'avion. Mon rêve devenait réalité. Ma mère a pleuré plusieurs jours. Elle s'est même évanouie quand je lui ai appris la nouvelle. Mon père a été plus compréhensif. Il m'a donné sa bénédiction et m'a demandé de ne pas l'oublier. C'est ainsi que, chaque année, je passe le mois d'août à Tanger. Je m'installe à l'hôtel et je les sors de temps en temps. Au début je venais avec ma femme, une Italienne rencontrée à

Toronto, mais ma mère ne l'aimait pas, sans raison apparente. Après, j'ai compris. Pas la peine de mettre mon foyer en péril parce que ma mère était rongée de jalousie.

Mon frère Adam me tient au courant de ce qu'il se passe dans la famille. C'est toujours le même tableau, « Hôpital et Pharmacie » comme il dit. On en rit, mais je sais que c'est pathétique. Je crois avoir réussi à sauver ma peau. Je mène une vie normale. Notre couple est fondé sur l'amour et le respect.

Une année, j'ai invité mes parents à passer les fêtes de fin d'année à Québec. Ils se disputaient tout le temps. Ma femme ne comprenait pas pourquoi ils restaient ensemble à se faire du mal. Ma mère souffrait particulièrement du froid. Mon père était curieux de ce pays et de ses traditions.

Quand ils sont partis, j'ai éprouvé un grand soulagement. Depuis nos relations se sont raréfiées. J'ai espacé le voyage à Tanger un an sur deux, puis un an sur trois.

C'est bien mieux ainsi. Je suis le personnage qui a préféré ne pas avoir sa place dans cette histoire. Plus tard, quand j'ai lu le journal de ma grande sœur disparue, j'ai pleuré.

33

MOURAD

Lorsque Adam m'a parlé d'aller consulter le docteur Azancot à Marbella, j'ai soupçonné une petite mise en scène. Je n'ai rien dit. Au moment de monter dans le bateau en partance pour Algésiras, Adam m'a présenté Maria et a disparu aussi vite en me disant qu'il venait d'être appelé par son patron et qu'il nous rejoindrait plus tard. On ne fait jamais attendre le patron.

En regardant Maria, j'ai tout de suite compris ce qu'Adam avait manigancé et je l'ai plusieurs fois béni. Il ne pouvait pas me faire plus plaisir. J'étais content, soulagé et curieux de me retrouver avec une dame élégante et sympathique. Elle voulait au début jouer à l'infirmière, je lui ai tout de suite conseillé d'abandonner ce rôle.

Durant la traversée, elle est allée plusieurs fois me chercher du thé, m'a apporté des croissants et même un paquet d'amandes grillées. Elle savait, ou du moins Adam le lui avait dit, que j'aimais les amandes grillées.

C'est elle qui a rempli la carte d'information en utilisant mon passeport pour la police des frontières et, en quittant le bateau, c'est elle encore qui m'a pris le bras comme si nous étions un couple normal. Au Maroc, la différence d'âge entre le mari et la femme fait rarement l'objet de commentaires. On voit souvent des hommes de plus de soixante ans avec des femmes beaucoup plus jeunes qui pourraient tout à fait être leur fille. L'inverse n'existe pas, à l'exception de quelques riches femmes étrangères qui s'offrent la compagnie de beaux jeunes hommes.

Nous prîmes place dans le car qui fait la navette Algésiras-Marbella. Je me sentais en vacances, ce qui ne m'était pas arrivé depuis une vingtaine d'années. Maria, toujours aux petits soins avec moi, semblait elle aussi heureuse de cette escapade. Elle parlait très peu, mais souriait souvent. J'appris qu'elle était divorcée et qu'elle ne s'était pas remariée.

La chambre d'hôtel était grande. Je remarquai tout de suite qu'il y avait deux lits séparés par une petite table de nuit. La salle de bains correspondait exactement à ce que j'aimais. Spacieuse, des antidérapants au sol, des serviettes blanches épaisses. Je pensais déjà au bain que je prendrais en fin de journée en y mettant les produits qui font de la mousse et donnent l'impression de voler sur un petit nuage.

Maria rangea mes affaires dans le placard et déposa la petite pochette contenant mes médicaments. Elle se tourna vers moi et me dit avec une voix douce :

— J'espère que vous êtes bien et que rien ne vous manque. Je rejoins ma chambre qui est mitoyenne de la vôtre.

Je n'ai rien dit. En fait, cela m'arrangeait. La nuit, je me lève souvent pour aller aux toilettes et puis j'ai un sommeil assez agité. J'aurais été très gêné de réveiller cette femme si bienveillante et souriante. De toute façon, j'aime les femmes même quand je ne couche pas avec elles. Le simple fait de savoir que, dans la chambre d'à côté, dormait une femme aimable et amicale me ravissait. J'étais certain que j'allais bien dormir cette nuit. Sa présence m'apaisait et me faisait un bien infini.

Je me suis allongé sur le lit, encore tout habillé, et je me suis assoupi d'un coup, signe que j'étais très détendu. J'aime ces moments entre la veille et le sommeil où le corps se repose sans vous faire tomber dans une nuit profonde. Je fus réveillé par un coup de téléphone. Adam voulait savoir si tout se passait bien. Je l'ai rassuré et l'ai remercié pour cette attention qui me rendait heureux.

— Cette Maria est un ange ! J'avais oublié qu'une femme pouvait être si gentille, si aimable.

— J'ai demandé à ma femme de sortir maman cette après-midi. J'espère que ça se passera sans difficulté. Profite et prends bien soin de toi. Et, tu as compris, ce week-end, ce sera notre secret !

Je me mis à rire, pensant à l'accueil que Malika allait réserver à sa belle-fille qu'elle accuse de tous les maux.

Nous avons déjeuné tard, comme les Espagnols. Ensuite j'ai fait une sieste et nous avons fait une belle promenade en fin de journée. Maria m'a raconté son histoire avec son mari, très attentionné et gentil au début du mariage et qui, dès qu'il avait appris qu'elle avait des difficultés pour tomber enceinte, lui avait rendu la vie infernale. Il l'avait répudiée sans ménagement et surtout sans le moindre centime. Elle s'était alors mise à travailler et, grâce à un modeste héritage de ses parents, avait réussi à vivre correctement. Jamais l'idée de se remarier ne s'était imposée à elle. Elle était devenue visiteuse de la prison des femmes. Elle soutenait et aidait les détenues autant qu'elle le pouvait.

Après le dîner, elle me proposa de me masser le dos. Elle le fit avec délicatesse et savoir-faire. Il y avait beaucoup de pudeur dans ses gestes comme dans ses paroles. Elle me prépara ensuite une tisane, vérifia la prise des médicaments du soir, déposa une bise sur mon front et s'en alla en me souhaitant une bonne nuit.

Ce fut une belle nuit. Je dormis comme un loir, sans agitation. Je me levai deux fois seulement et réussis à me rendormir sans difficulté.

Le lendemain je lui ai proposé d'aller faire du shopping et je lui ai donné quelques billets pour qu'elle se fasse plaisir. Elle était gênée. Nous sommes sortis ensemble de l'hôtel, je me suis installé sur une terrasse, j'ai commandé un café au lait et j'ai attendu son retour.

Au dîner, elle m'a offert un petit cadeau qu'elle avait choisi pour moi. Nous avons bu un peu de vin. Elle m'a remercié pour ces deux jours passés ensemble. Au retour, sur le bateau, je l'ai assurée de mon amitié et lui ai demandé si on pourrait se revoir de temps en temps.

— Vous savez, Tanger est une ville où les hommes se retrouvent au café, non pour boire ou lire le journal, mais pour dire du mal les uns des autres. Tout le monde médit de tout le monde. Alors, si nous devons nous revoir, je préfère que ce soit en dehors de cette ville que j'aime mais qui m'agace.

L'idée de lui demander de m'épouser m'effleura un instant, puis, imaginant le scandale que cela déclencherait à la maison et en dehors, je me retins et poussai un long soupir. De toute façon, je suis contre la polygamie.

Le retour chez moi fut calme. Ma femme était chez une de ses nièces. Adam m'accompagna et me raconta les péripéties de la sortie de sa femme avec sa mère. Il riait et était heureux pour moi.

Je lui ai demandé comment les choses s'étaient passées avec son patron. Adam fit une moue, puis me dit :

— Je rêve du jour où je pourrai démissionner et lui dire tout ce que je pense de sa façon de gérer cette usine. J'en peux plus d'avaler des couleuvres et de la boucler. Tu sais, certains jours j'ai vraiment envie de quitter ce pays. Je ne le fais pas parce que je n'ai pas le cœur à vous laisser seuls, toi et maman.

J'étais consterné par ce qu'il me disait. Ce Maroc-là m'inquiétait mais je n'imaginais pas mon fils capable de partir, comme son frère cadet.

Je lui conseillai de résister en sachant pertinemment que ce serait difficile. Ma culpabilité m'a rappelé que j'étais mal placé pour lui donner des conseils. Je fermai les yeux et fis le geste de le bénir.

34

SAMIA

3 décembre 2000

Une froideur minérale s'est installée dans mon corps. Je suis tétanisée. Je ne peux plus bouger ni appeler au secours. Je suis dans ma petite chambre où mes affaires sont en désordre. Je n'ai pas la force ni l'envie de ranger. À quoi bon ? On range lorsqu'on ne se demande pas tous les matins quand on pourra s'en aller. On range quand la vie a été bonne, quand on a le regard tourné vers le futur, un avenir brillant ou du moins plein de promesses et de fleurs. Pourquoi mettre de l'ordre dans une petite vie saccagée, brisée et jetée aux chiens ?

J'aurais aimé crier, hurler mon désarroi et ma haine, j'aurais tant aimé avoir le courage de faire éclater le scandale et avouer à ma famille, à nos voisins, à tout le monde que je porte en moi les germes de la honte et du déshonneur. Je ne mets pas l'honneur là où vous pensez, je ne mets pas ma dignité entre mes cuisses, mais tout le monde autour de moi insiste pour que l'honneur et la dignité d'une jeune fille y soient placés.

La violence, la brutalité dont j'ai été victime ont tout cassé en moi.

C'est de là que vient cette froideur minérale. Je la sens monter en moi comme un flux tranchant, un flux d'un sang impur, et j'entends ma mère invoquer Dieu et ses prophètes pour que le mal soit extirpé de mon corps et de mon âme.

Je suis à la dérive et je n'ai pas vécu.

Ou, du moins, j'ai vécu assez pour savoir ce que je laisse derrière moi. Mes parents ! Les pauvres ! Ils s'arrangent avec la vie pendant que je m'apprête à m'arranger avec la mort. Je n'ai pas eu le temps de cadrer mon regard pour qu'il évite de se poser sur la laideur de ce monde. C'est en lisant Rimbaud, même si je ne comprenais pas tout, que j'ai acquis la certitude de refuser cette laideur.

Autour de moi, les gens ne sont pas combatifs. Ils acceptent leur sort et ils dorment l'âme apaisée. Moi, je ne réussis pas à être indifférente. D'où vient cette rigidité en moi qui fait que je me tiens droite et que j'avance sans me retourner ?

Je ne le saurai jamais.

Sous mes aisselles tout se dédouble
Et mon ventre se creuse poussé par le vent et le sable en furie

Je m'accroche au fil de mes étoiles ayant perdu leur éclat
Sous mes dents le fer et le corail je bois le liquide amer
Je tourne comme la laine retournée entre les mains du cardeur
Le ciel se couvre de mes paroles non dites
Des oiseaux jouent en picorant la merde d'un chien tuberculeux
Je suis dans ma chambre et je vois les murs se pencher pour me couvrir

35

MALIKA

Le miracle s'est produit ! Viad a reçu une convocation pour se présenter à la préfecture de police de Dradeb. J'ai décidé de l'accompagner. On ne sait jamais. Il pourrait être renvoyé en Mauritanie. Parfois, la police fait croire qu'elle va délivrer des papiers mais elle tend un piège pour arrêter les clandestins et les expulser vers des pays subsahariens. C'est déjà arrivé à un copain de Viad. C'est pour cela que je tiens à être présente au commissariat.

Le policier m'a demandé pourquoi j'étais là. Je lui ai expliqué que j'étais garante de Viad et qu'il était pour cela de mon devoir d'être là.

Je suis peut-être une mauvaise épouse, peut-être même une mauvaise mère, mais je suis humaine. J'ai quelques a priori sur les Noirs, mais je me rends compte que ce sont des préjugés et j'essaie de les dépasser justement en m'occupant du cas de ce malheureux qui moisissait dans le cimetière.

Au bout de deux heures d'attente, Viad est appelé et entre dans un bureau. On me fait signe de l'attendre. Je n'ai jamais mis les pieds dans un commissariat de police. Il y a de vieilles personnes l'air paumé, des paysans qui attendent depuis le matin sur un banc. L'un d'eux s'est endormi. Une vieille femme essaie vainement de parler avec quelqu'un de l'administration. Personne ne fait attention à sa présence. Elle vient vers moi et me demande si je peux l'aider à récupérer son terrain volé par un voisin. Elle me raconte son histoire. Je l'écoute et je pense à la chance que j'ai de ne pas être concernée par ce genre de tracas.

— Mon bout de terrain est petit, aussi grand que ce mouchoir. J'y cultivais des tomates et des pommes de terre, des carottes et des salades. C'est là que vivent mes poules et mes coqs. Depuis que j'ai perdu mon homme, le voisin se croit tout permis et, l'autre jour, durant la nuit, il a entouré mon bout de terrain d'une clôture et me voilà sans rien. Je suis allée au tribunal. Personne à qui m'adresser. Quand on est de la campagne, quand on est pauvre, personne ne vous regarde, personne ne vous écoute, c'est comme ça, je suis habituée. Mais là, c'est une question de vie ou de mort. Ou je récupère ma terre ou je me tue.

Après un instant, elle a dit :

— Avant de me tuer, je tuerai le salaud qui m'a tout pris !

Elle n'avait aucun document prouvant que ce terrain lui appartenait. Elle l'avait hérité de ses parents.

Elle m'a montré un bout de papier, sorte de certificat très ancien où on ne pouvait plus rien lire. Je l'ai rassurée : « Avec ce document, vous pourrez réclamer justice. » Elle m'a regardée d'un air triste :

— Pour la justice, il faut de l'argent, et moi je n'ai pas d'argent. J'ai déjà essayé, on m'a refoulée en me disant « pas d'argent, pas de justice », enfin pas comme ça, mais j'ai compris qu'il fallait mettre des billets dans la poche d'un gars, mais je ne les avais pas. Je suis repartie. Quelqu'un m'a conseillé de venir ici. Je n'ai personne pour parler pour moi ; mes enfants sont tous à l'étranger, ils ne viennent plus me voir, je ne sais même pas dans quel pays ils sont. Mais je ne partirai pas d'ici sans que mon terrain me soit rendu.

J'avais de la peine pour elle. D'autres personnes présentes se mirent à la consoler. Soudain, un chef, en tout cas quelqu'un qui avait l'air important, s'est arrêté et a demandé la raison de cet attroupement. Je lui ai dit :

— Écoutez cette pauvre femme et essayez de faire quelque chose pour elle ; elle pourrait être votre mère.

Il l'a fait entrer dans un bureau. J'ai compris en lisant son nom sur la porte et son titre qu'il était le grand chef, le commissaire ou l'inspecteur, je ne sais plus, en tout cas un haut gradé.

Viad est sorti d'un autre bureau. Son extrait d'acte de naissance n'était pas assez lisible. Il fallait en demander un autre, ce qui allait retarder d'au moins un mois la délivrance de sa carte de séjour.

Le soir je racontai à mon mari ma matinée dans le poste de police. Rien ne l'étonna. Il me dit :

— L'histoire de l'acte illisible est un classique. Tu verras, avec mille dirhams, il sera très lisible.

— Mais le pauvre Viad n'a pas d'argent.

— Je sais, c'est à toi, disons à nous de lui donner cet argent pour avoir ses papiers.

— Donc, tu as changé d'avis, tu es d'accord pour corrompre l'administration ?

— Je n'ai pas changé d'avis. Nous vivons dans un pays qui accepte ce genre de pratiques, alors, si tu veux que Viad ait ses papiers, retourne à ton commissariat et file une enveloppe au responsable. Surtout ne te trompe pas d'agent. Il faut donner l'enveloppe à la personne qui est en charge du dossier.

J'ai attendu quelques jours et je suis retournée à la préfecture de Dradeb. Un habitué des lieux m'a reconnue et m'a raconté que la vieille paysanne avait récupéré son bout de terrain. Il a ajouté : « Et sans café ! »

J'ai enchaîné tout de suite :

— Et à qui faut-il offrir un café pour les papiers de régularisation d'un Noir ?

— Un café noir, très noir, sans sucre ?

— Non, avec sucre ! Combien de sucre ?

— Un Noir… Carte de séjour… Il vient de quel pays ?

— Mauritanie.

— Ah, la Mauritanie a une position complexe sur le Sahara. Des fois, elle penche vers l'Algérie, et d'autres fois vers le Maroc ; ça va chercher dans deux sucres au moins…

J'ai traduit mentalement : deux mille dirhams…

— Et où on prend ce fameux café ?

— Bureau 7. Chiffre symbolique. Chiffre porte-bonheur. Et le gars s'appelle « Sabe'e », le septième !

J'étais inquiète ; je ne savais pas comment faire ; je me disais : « Et si le gars se fâche ? » Mais dès que je suis entrée, le gars m'a parlé de café à deux sucres. J'ai déposé l'enveloppe sous la tasse d'un café que personne ne buvait, je me suis levée et suis partie.

Quelques jours plus tard, Viad a reçu une nouvelle convocation rédigée en ces termes : « Prière de passer signer et retirer votre carte de séjour. »

Mourad et moi étions contents. Viad n'avait plus besoin désormais de vivre caché. Je pensai tout d'un coup à la Française, à leur amour interrompu. « Et s'il partait la rejoindre ? »

36

SAMIA

5 décembre 2000

Mon frère Adam, très sensible, m'a fait remarquer que j'avais beaucoup maigri et que j'avais mauvaise mine. Je n'ai pas pu lui expliquer les raisons de mon état. Je l'ai serré dans mes bras et lui ai fait des bisous.

J'ai effectivement perdu l'appétit, je n'ai goût à rien, et même mes études ne m'intéressent plus. Je me contente de lire des poètes français ou arabes classiques, même si j'ai du mal à me concentrer. Je n'ai plus l'envie ni l'énergie d'écrire. Je suis brisée, blessée au plus profond de mon être, et j'observe un silence qui me mène vers un tunnel.

Une fille violée est condamnée à disparaître. Tout dans la société la rejette et l'enfonce dans le puits de la honte. Se taire et encaisser. Personne n'est au courant. C'est le secret le plus violent, le plus terrible à vivre. Je me sens comme une jarre remplie de merde et de puanteur. Je suis devenue moi-même une pourriture, pas même une putain, car la putain vend son corps pour vivre, moi, on m'a pris mon corps et mon âme et je n'ai plus envie de vivre. Et je n'ai rien à donner, rien à vendre.

Hier, en passant devant un kiosque, j'ai vu le journal du Khenzir. Il y avait en couverture une photo d'une jeune fille suivie d'un poème. Je me suis dit : « La pauvre, elle aussi a dû payer ! » Je me suis demandé un instant s'il ne fallait pas la contacter et constituer un groupe de victimes du Khenzir. Mais comment faire si personne ne parle, personne n'agit. Elle doit vivre le même calvaire que moi. Nous sommes toutes enfouies sous des tonnes de silence et de honte. Nous ne pouvons pas relever la tête. Condamnées à traîner ce fardeau puant, nauséabond. Condamnées à trouver des arrangements minables avec la vie de tous les jours, faire semblant, sourire quand on a envie de pleurer, de crier, de hurler jusqu'à faire tomber les murs de cette prison que nous portons en nous.

Il m'arrive de m'arrêter dans la rue, sur le chemin du lycée, et d'observer les gens passer. Sur chaque homme je pose l'image du violeur. Sur chaque jeune fille, celui de la violence qu'elle a subie. Pour moi, il n'y a pas d'humanité bonne. Je vois le monde en gris, en noir. Aucune lumière au bout du tunnel où je marche. Pas la moindre chance de faire éclater le scandale et de voir le Khenzir face à la justice, une justice vraie qui me rendrait mon humanité. Il est évident que des Khenzir, il y en a partout. Ils sont tapis dans l'ombre et attendent leur proie. Que ce soit ce pervers qui se sert de la poésie pour satisfaire ses bas instincts, ou ce flic qui utilise son pouvoir pour obtenir ce qui ne lui revient pas, notamment l'honneur d'une femme, obligée de se donner à cette brute pour régler un problème, ils sont là, apparemment de bons pères de famille, de braves gens.

Mes parents, les pauvres ! Ils sont à mille lieues de savoir ce qui s'est passé et ce qui se trame dans ma tête. J'imagine une seconde la réaction de ma mère qui commencerait par s'évanouir et utiliser toute son hystérie pour inverser le problème. Je serais celle qui a ruiné l'honneur de toute la famille, celle qui a apporté la défaite et l'ignominie à la maison. Je serais encore plus malheureuse, parce que je serais punie. Comment ? Je n'en sais rien. Peut-être qu'elle m'enverrait dans un bled lointain me faire oublier. Ma mère est une Marocaine traditionnelle dans sa version la plus cruelle. L'honneur de la famille se tient dans ma virginité. Et si je suis violée par un salaud, je suis le bourreau et non la victime.

Reste mon père. Lui est lâche et égoïste. Il ne pense qu'à ses petits plaisirs. Lui aussi est un bon Marocain. Musulman de façade, hypocrite, faible, soumis aux diktats de sa femme, pieds et mains liés par le besoin de rapporter de l'argent pour que ma mère vive en bonne bourgeoise, pour qu'elle soit au même niveau que ses amies, ceinture en or et caftans à la mode.

J'ai surpris un jour mon père donner une enveloppe pleine de billets de banque à ma mère qui les comptait et lui reprochait d'avoir tardé à ramener cet argent. Je sais que ça provient de la corruption, la mamelle des Marocains, qu'ils soient corrupteurs ou corrompus. Mon père est de la seconde catégorie, la pire, parce qu'il est au fond humilié chaque fois qu'il accepte des enveloppes. À mes yeux ce n'est rien d'autre que de l'argent pris dans les poches des citoyens. Autrement dit du vol.

Mon père, que j'aime naturellement, ne m'a pas laissé la moindre occasion pour que je me confie à lui et puisse m'appuyer sur lui pour sortir de mon tunnel. Il est gentil. Et c'est la pire des qualités. La gentillesse est une forme de douceur qui ressemble à des sucreries qui font vomir. Il manque de présence, il manque de colonne vertébrale. Il aurait besoin de quelqu'un pour le redresser, pour qu'il soit moins courbé, moins servile, moins accommodant. Il s'arrange de tout. Avec la morale, avec la conjugalité qu'il trahit allègrement, avec son devoir de père, avec son devoir de citoyen et de fonctionnaire.

Pourtant, cet homme plutôt cultivé aurait pu avoir une autre vie, plus digne, plus belle, plus droite. Il s'est abaissé au niveau de la médiocrité générale et est devenu tellement quelconque que je n'éprouve pour lui que de la pitié.

Comment réagirait-il si je lui racontais mon drame ? Il se mettrait à chialer. J'en suis sûre. Je pourrais lui dicter une autre conduite, lui suggérer de m'accompagner à la police et déposer plainte contre le pervers qui viole les filles mineures. Mais lui aussi voudrait étouffer le scandale. Il me dirait : « Ma fille, oublie, et laissons Dieu réserver à ce voyou le châtiment qu'il mérite. »

Une gifle. Oui, une bonne gifle partirait et viendrait réveiller ce père indigne. Mais je n'en ai pas la force. Je le gifle assez par mon mépris et ma pitié.

L'autre dimanche, mes parents, pour la première fois, ont réuni quelques membres de notre famille. Pas pour un déjeuner, juste un thé, des gâteaux secs et quelques crêpes au sucre. J'ai observé ces hommes et femmes insouciants, souriants, de bonne humeur, n'abordant aucun sujet qui pourrait plomber l'ambiance. Ils sont satisfaits d'eux-mêmes. Ils sont parfaits dans leurs costumes, dans leurs caftans. Chacun dans son rôle. Les hommes se sont regroupés d'un côté, les femmes de l'autre. J'ai regardé ce spectacle et j'ai eu envie de vomir, pas dans les toilettes, pas en cachette, mais là, au centre du salon, le fameux salon où personne ne va, le vomi répandu sur les jolis caftans des dames. Vomir et prendre la parole en arabe, en cette langue où l'on ne prononce pas certains mots, par honte, par fausse pudeur.

« Je demande votre attention ! J'ai quelque chose à vous dire, quelque chose d'horrible à vous avouer.

J'ai seize ans et je ne suis plus vierge. J'ai perdu ma virginité dans un viol, commis il y a une semaine dans l'appartement de Khenzir, je veux dire la charogne, rue Goya dans un appartement sale et horrible. J'ai été droguée et violée. Je porte sur mon visage et sur tout mon corps le déshonneur de toute la famille. Vous êtes toutes et tous déshonorés par moi, votre nièce, cousine, fille de tous les péchés. Je vous rends responsables, car vous ne voyez rien venir, vous pensez que vos filles sont irréprochables, saintes et sans désir. Pour moi ce n'était pas du tout une affaire de désir, si ce n'est de voir mes poèmes publiés. Vous ne savez pas ce qu'est la poésie. Normal, ça vous passe au-dessus de la tête. Mais l'honneur, vous savez où le nicher, où le déposer, où le cacher. Eh bien cet honneur a été bousillé par un pervers qui sévit dans la ville, un violeur, un salaud. Aucun homme parmi vous ne se lève pour aller le faire arrêter ou au moins lui casser la gueule, lui couper son horrible sexe avec lequel il a fait un trou dans mon hymen, un trou dans ma vie, un trou qui est en vérité ma tombe.

» Et vous les femmes ! Vous ne dites rien. Ma mère a perdu connaissance ; elle fait ça chaque fois qu'elle doit affronter la réalité. Elle s'absente, elle ne voit rien, donc elle n'est responsable de rien.

» Je m'en vais, je ne suis pas de votre rang, de votre race, de votre tribu. Je suis venue d'ailleurs et je repars vers mon destin. Au moins, j'aurai vidé mon sac, j'aurai pollué l'atmosphère, sali un peu ce salon tout neuf et vos consciences endormies à jamais. »

Mon silence lourd et mon mépris ont suffi.

Les enfants du vent
Traversent la nuit
Sur des paupières des jeunes filles
Dont le secret est enfoui dans un fruit d'été
Il en est le noyau
Le miel et l'amertume

37

MOURAD

Un de mes anciens collègues vient d'être arrêté et déféré devant la justice. Il a été pris en flagrant délit de corruption. Il a été piégé par le corrupteur qui lui avait donné rendez-vous dans un café fréquenté par des agents de la police et des impôts.

Comme un bleu ! Il s'est fait avoir. Le propre de la corruption, c'est qu'il ne doit pas y avoir de traces. Ni vu ni connu. L'argent en espèces circule de main en main.

Lorsque j'ai franchi le pas et commencé à accepter des enveloppes, j'avais étudié dans le moindre détail les divers mécanismes des dessous-de-table les plus insoupçonnables. J'étais devenu un expert en la matière. J'y ai mis toute mon intelligence et mon habileté et c'est ainsi que jamais je n'ai été pris. Je ne suis pas fier de ce succès, mais avec le temps, avec l'âge, j'ai appris à relativiser, à mettre l'huile nécessaire dans les rouages, à m'arranger avec la vie et ses travers.

J'ai décidé d'établir un bilan de ma vie. J'ai commencé hier matin, mais je me suis vite découragé. Le positif est faible ; le négatif, le vice et le vol, est trop chargé. Mais peut-être que si nous n'avions pas vécu la tragédie, notre vie, en tout cas ma vie, aurait suivi un autre chemin, plus digne, plus acceptable.

Ce qui caractérise le système marocain, non écrit, non dit, c'est qu'on finit toujours par s'arranger, du moins dans certains domaines qui ne mettent pas en danger les gros, les très gros intérêts. Le peuple le sait d'instinct. J'ai vu des pauvres gens arriver au tribunal, non pour réclamer leurs droits, mais pour demander à qui il faut graisser la patte. Le droit, la loi, la justice, ils n'y croient pas. Plus ils sont faibles, pauvres, plus ils recherchent une branche où s'accrocher. C'est presque naturel.

Je pourrais charger ma femme et la rendre responsable de cette dérive dont je ne suis pas fier. Mais mon intégrité n'était pas assez solide, pas assez. Elle n'a pas résisté longtemps. Il faut dire que le chagrin incommensurable qui s'était emparé de moi après la tragédie m'avait affaibli. Il avait ruiné mes valeurs. J'étais devenu indifférent, obsédé jour et nuit par la disparition de Samia. Ma douleur faisait des trous partout, dans ma mémoire, dans ma présence au monde, dans mes instincts. J'étais devenu douleur et souffrance. Je ne supportais rien, pas même les habits que j'étais obligé de porter. Même légère, ma chemise me pesait, me faisait mal. Mes pas devenaient des épreuves. Marcher me fatiguait tellement qu'il m'arrivait de rester assis dans un coin de la maison sans bouger durant des heures. Je fixais le carrelage d'une laideur particulière. Je m'assoupissais et je tombais dans des crevasses où la boue m'enveloppait, m'attirant vers le fond. Je me noyais dans cette eau épaisse et lourde. Je me laissais faire, je ne résistais pas. Je voulais en finir. Mais ma femme me réveillait et hurlait pour que je me lève et aille au travail.

Au bureau je faisais des efforts immenses pour ne pas sombrer et tout abandonner. Je travaillais sans savoir ce que je faisais. Je n'étais plus vivant et je ne maîtrisais plus rien, ni ma volonté, ni mon humeur, ni ma dépression.

Le médecin du travail me donna un congé pour me soigner. Mon état n'a pas cessé d'empirer.

Je n'avais rien vu venir. Notre fille était impeccable, elle travaillait bien en classe et ne nous causait aucun souci. Tout était lisse. Sa mère et moi étions au fond aveugles.

Depuis ce funeste jour j'ai renoncé à la vie sans disparaître. Je me suis donné au vide et j'ai tout accepté, tout avalé comme un animal affamé et brutal. J'ai perdu mon humanité. Je suis devenu une serpillière sur laquelle marchaient les autres. Cela ne faisait rien. J'étais insensible à tout. Le souvenir de la tragédie occupait tout l'espace de mon esprit. Je n'avais plus d'esprit, juste de la douleur qui dégoulinait à l'intérieur de ma tête et faisait de chaque neurone un passeur de souffrance. Je suis devenu une boule, un cratère, une motte de terre sèche et sans vie. Je me confondais avec les tas d'immondices. Je puais de partout. Des sentiments contradictoires me faisaient aller et venir d'un monde à un autre avec, toujours, cet enfer que je ne pouvais nommer ni circonscrire.

38

SAMIA

17 décembre 2000

J'ai tout minutieusement préparé. J'ai rangé ma chambre, plié mes habits, mis de l'ordre dans mes livres et mes cahiers. Et puis je me suis fait couler un bain. Ce sera le dernier avant de m'envoler vers un monde plus clément. Je n'arrive à penser à personne. Ni à mes parents, ni à mes frères, ni à mes amies. L'image grimaçante du Khenzir m'apparaît partout. Elle bouche mon ciel. Elle envahit tout l'espace. Elle prend l'air que je respire. J'étouffe. Crier, hurler, m'agiter ne m'a servi à rien. Face à ce monstre je suis seule et je ne suis en possession d'aucune arme pour le faire taire, pour le faire disparaître. Ses bras, très longs, ses doigts métalliques tels des clous rouillés cherchent toujours à m'atteindre. Je dois m'en délivrer. Je dois l'abattre. La seule possibilité pour l'endormir, c'est d'ouvrir le gaz. Même si je dois en mourir.

Essayez de comprendre ce que ressent une jeune fille de seize ans, agressée dans son corps et dans son âme par un monstre libidineux, gluant et cruel. Vous n'existez plus, vous n'avez plus aucune raison de continuer de vivre, d'avoir des projets, d'aimer les autres et d'espérer. Tout vous est refusé. Tout vous tourne le dos. Arrive, épaisse et lourde, la solitude, la vraie, la grande, la stupide, la malfaisante, celle qui insiste, qui tourne autour de vous comme une vieille vipère puis s'enroule autour de votre cou, serre un peu, laisse à peine passer l'air, puis vous écrase de tout son poids, et dégage une odeur nauséabonde qui vous donne mal au cœur et à la tête.

La solitude, que je considérais parfois comme une amie, est devenue une bête méchante et sans pitié. Elle m'a condamnée à souffrir avant de m'en aller. C'est comme si elle était envoyée par un dieu vengeur. Comment ? Une gamine essaie de défier le ciel ? Mais pour qui se prend-elle ? Elle n'est pas la première à être violée, elle ne va pas contrarier le destin pour autant ! Mourir. D'accord, mais tout de suite, pas comme tu l'as rêvé, pas en silence ni avec des effluves de parfum et des roses. Tu partiras les pieds dans les chardons ardents, sur les plantes qui brûlent la peau, sur les pierres qui font des trous jusqu'à la moelle.

Ta solitude n'est plus une amie. Aucune complicité, aucun secours, aucune aide. Ouvre le robinet du gaz, tu vas t'enivrer lentement, tu verras les choses tourner autour de toi et te narguer, tu ne pourras attraper aucune main que tu vois, ce ne sont pas des mains tendues pour te sauver mais des pioches pour creuser la terre où tu vas descendre peu à peu jusqu'à ce que ta peau ne respire plus, tes oreilles se remplissant de cette terre brune et humide, tes yeux verront tout jusqu'à la dernière seconde où tu lâcheras prise et là, tu t'en iras, pas tout à fait, tu respireras lentement pour te donner l'illusion que tu vas t'en sortir, mais tu es seule à la maison, c'est toi qui as choisi le jour et l'heure, tu as attendu que tes parents soient partis en voyage pour commettre l'irréparable. Tu es prête maintenant.

J'entends cette voix sortant de mes tripes et j'essaie de la faire taire, en vain. Ma respiration est lente. Mes yeux se ferment. Mon cœur me lâche. Khenzir s'est assis sur ma tête et me pousse au fond du trou rempli d'une argile qui ressemble à de la merde. Je ne veux pas mourir dans sa pourriture. Il me vole ma mort. Il viole mes derniers instants. La maison est vide. Tout le monde est absent. Ma voix ne sort plus de ma poitrine. Je m'étourdis. Je me laisse engloutir dans ce puits, dans ce tunnel. Oui, je connais ce tunnel, c'est celui qui mène vers la mort, vers une petite lueur, une toute petite lumière au fond. J'avance malgré la lourdeur qui pèse sur mes membres, je marche sans pouvoir me retourner, je vais vers la lumière qui grandit au fur et à mesure que je m'en approche. J'arrive. C'est un champ jauni par un immense soleil, une prairie où des dizaines de jeunes gens dansent en se faisant passer pour des anges. Je sais qu'ils ne sont pas des anges. Comme moi ils sont punis. Ils ont défié la volonté du Créateur. Ils dansent mais ne sourient pas. Ils ont perdu à jamais le sourire, la joie, la lumière intérieure. Je les rejoins. Tel est mon destin. Je marche. Je suis légère. Je vole, je plane, je suis lumière dans cette clarté éblouissante. Je me laisse guider vers des cimes. Je plane et me pose comme une cigogne sur le toit du monde. Je ne sens rien. Je suis hors d'atteinte. Je n'ai plus de souvenirs, plus d'attaches, plus de liens. Je vais peut-être renaître. Plus rien ne me définit. J'ai l'impression de dormir, je suis tombée dans un sommeil profond et je ne pense pas qu'un jour je m'éveillerai. Le gaz siffle doucement.

Celle que je ne peux nommer
M'a reçue comme une princesse
Lovée dans la lumière
Des terres inconnues
Le cœur de la jeunesse que je n'ai pas eue
Bat à la cadence d'une sonate
Et me donne des frissons

39

MALIKA

J'ai été décapitée. Condamnée à mort et exécutée. Je suis morte. Pas entièrement. Morte, mais je reste consciente de tout. J'ai l'apparence d'une personne vivante, mais je peux agir, bouger, casser des objets, briser des destins, répandre la folie, porter malheur, j'ai la puissance d'un mauvais œil particulièrement efficace, il suffit que je pose mon regard sur un enfant pour qu'il tombe et se fasse mal, si je regarde fixement une dame, elle trébuche et se brise le col du fémur, si je me concentre sur une jeune fille en bonne santé, elle attrapera une maladie inconnue et souffrira le martyre, oui, c'est ce que je suis devenue, c'est ma punition ou ma récompense, c'est selon. Je ne suis pas née mauvaise. Je le suis devenue. Demandez à l'imbécile, je veux parler de mon mari. Il pensait s'en tirer sans payer la facture. Depuis la tragédie, il s'est donné un congé, un long congé où il n'est responsable de rien. Je refuse de lui lancer le mauvais œil. Je ne veux pas avoir à la maison un infirme, un tétraplégique dont je serai obligée de m'occuper. Je vais lui faire un peu mal, juste ce qu'il faut pour qu'il regrette ce qu'il m'a fait. Vengeance douce, mais vengeance au long cours.

Ma vie, notre vie s'est brutalement arrêtée ce dimanche de décembre. Samia nous a entraînés avec elle. Nous sommes morts et nous ne le savons pas.

Depuis qu'il a pris sa retraite, mon mari me pèse. Je ne sais pas quoi faire pour m'en débarrasser. Il se lève tard et traîne dans la maison dans ce pyjama horrible. Il est négligé, se rase une fois de temps en temps, se lave encore moins qu'avant. Il dit que sa vie n'a plus de sens. La mienne non plus, mais nous n'arriverons pas à nous unir contre l'adversité. Nous sommes seuls et nous devons supporter cette solitude jusqu'au bout. Le bout, je n'en vois pas la moindre trace, le moindre signe. Alors je marche et j'écrase ce qui se met en travers de mon chemin.

Avant, mon mari était utile. Il ramenait des enveloppes, un surplus pour vivre. Depuis qu'il ne travaille plus, il ne ramène que des problèmes, une mauvaise humeur, et l'envie de vomir. Entre nous, il n'y a plus rien. Même les souvenirs, on les a brûlés d'un commun accord. Plus rien. Il n'y a plus rien. Des gémissements, des cris, des mauvaises odeurs, de la pitié.

Nous avons vieilli très vite et mal.

Nous avons perdu l'ange qui nous gardait de nos mauvais penchants. Nous étions protégés et nous ne nous en rendions pas compte. Il a fallu qu'elle nous quitte pour nous révéler à nous-mêmes.

Avant, il y avait un cadre, une logique. Les choses étaient à leur place. Aujourd'hui plus rien n'est à sa place. Nous sommes désorientés et nous nous faisons mal. Nous sommes condamnés à rester ensemble. C'est notre punition.

Je n'aime pas lire. Je n'aime pas sortir. Lui, il se réfugie dans des livres, il s'oublie dans ses lectures, ce qui m'énerve. Il écoute cette musique de sauvages. Il adore ces nègres qui chantent si mal. Je dis ce que je pense, je n'ai plus d'entraves, plus de limites. Lui non plus d'ailleurs.

Je tourne en rond dans cette maison qui ressemble à une tombe. Je suis incapable de la quitter, d'aller ailleurs. On aurait pu vendre cette baraque et s'installer dans un appartement moderne, bien chauffé l'hiver, et vivre comme des gens civilisés. Mais nous ne sommes plus civilisés. Nous sommes en guerre. Je ne lui laisse rien passer. Il doit payer autant sinon plus que moi.

Si notre fille nous a quittés, c'est que nous n'avions pas fait ce qu'il fallait pour savoir ce qui lui arrivait, ce qui la rendait malheureuse. Cette histoire de viol, je ne l'ai sue que bien après sa mort, quand son père est tombé sur son journal intime. Il l'a lu et il ne m'a rien dit. Je crois qu'il a passé des nuits à pleurer dans son coin. Et puis, un matin, il me l'a donné. Je me suis évanouie et j'ai tourné toute mon agressivité vers ce mari, ce père indigne. De là date notre défaite, notre entrée dans un enfer qui nous mine et nous jette morceau par morceau dans une fosse commune. Il a insisté pour reprendre le journal de notre fille et l'a caché.

40

MOURAD

Une seule solution s'imposait à moi. Lui crever les yeux et lui couper la bite.

J'ai acheté un couteau de cuisine fabriqué en Allemagne. Un couteau d'excellente qualité. Et j'ai établi un plan. Je n'allais pas le dénoncer à la police, porter plainte et attendre que la justice se fasse. Pas de police. Pourrie. Pas de justice. Pourrie. Je sais de quoi je parle. Reste ma justice, celle que je vais pratiquer sur ce salaud. Je me suis découvert une âme de tortionnaire. Oui, nous sommes tous capables un jour de devenir des bourreaux. Le Khenzir va payer. Je passe mon temps à peaufiner les plans, à imaginer sa tête quand il me verra, quand il découvrira qu'un couteau allemand inoxydable se trouve dans mon sac. Je l'assommerai avec un gourdin acheté au marché aux puces, Casa Barata. Ensuite, je lui attacherai les mains, lui retirerai le pantalon et le slip. Je verserai sur ses parties de l'alcool à brûler. Je n'y mettrai pas feu, ça risquerait de sentir mauvais et d'alerter les voisins, ceux-là mêmes qui ferment les yeux et les oreilles. Non, l'alcool ce sera pour faciliter le passage de la lame à la racine de la verge. Je prendrai des gants pour manipuler ses parties, tenir la verge par le gland et d'un coup sec trancher à la base. Le sang n'aura qu'à couler. Je le réveillerai, qu'il se voie se vider sur ses cuisses et par terre sur ces tapis qui sentent le sperme et le sang des jeunes victimes.

Un autre plan, plus pervers. Je lui donnerai rendez-vous à la Forêt diplomatique sur l'Atlantique. Je me ferai passer pour un de ces pédophiles espagnols qui viennent faire leur marché dans la misère tangéroise. Je le mettrai en confiance, lui soufflerai quelques noms et l'attirerai dans cette forêt un lundi matin, jour où personne ne fréquente cette plage. Une fois là, je lui parlerai de poésie et d'amour des jeunes filles. J'aurai déjà choisi l'endroit, non loin de là, où je l'égorgerai comme le mouton de l'Aïd. Je le laisserai se vider de son sang et lui dirai auparavant le nom d'une de ses dernières victimes.

Autre possibilité encore. Je me ferai passer pour l'imprimeur de sa feuille de merde. Je m'arrangerai pour entrer dans l'imprimerie après sa fermeture. Je ferai venir le Khenzir pour la correction des épreuves. Je n'apparaîtrai pas. Je porterai une cagoule au cas où il se retournerait pour voir qui lui parle. Je lui donnerai les ordres de loin, lui disant que je suis dans les toilettes. Une fois qu'il sera penché sur sa feuille de merde, j'arriverai par-derrière sans faire de bruit, j'enfoncerai le couteau entre ses fesses et le tournerai jusqu'à ce qu'il lui déchire tout le bas-ventre. Je l'abandonnerai, la tête posée sur sa feuille de merde, son sang coulant sur ses genoux et par terre.

Il ne saura pas qui l'a déchiré en deux. Il crèvera là, tout le week-end. Lundi matin, on le découvrira, pourri dans son sang qui aura déjà séché.

En vérité, je ne ferai rien.

Je vivrai avec cette culpabilité jusqu'à mon dernier souffle.

J'ai de l'imagination, mais je ne suis pas un homme d'action. La honte. Oui, je sais ce que c'est, ce qu'elle me fait, comment elle creuse son sillon à l'intérieur de mon corps, combien elle me fait mal. Mais elle est improductive. Elle ne sert à rien. On vit avec. Je ne suis pas le premier à avoir ravalé ma honte. Je l'ai bue. Elle fait partie de moi, elle est devenue un de mes organes. Parfois, elle me réveille la nuit. Elle m'empêche de dormir. Elle me torture. Je ne proteste pas. Si j'avais agi, elle ne se serait jamais installée en moi.

41

ADAM

J'ai été élevé dans un souvenir interdit. J'avais six ans quand ma grande sœur est morte. Je ne comprenais pas ce qui s'était passé. C'était un dimanche ; mes parents m'avaient déposé chez mes grands-parents, ils devaient aller voir un médecin ou de la famille à Tétouan. Samia préparait un exposé pour sa classe. Elle avait besoin de tranquillité.

Chez les grands-parents je m'ennuyais. Mon grand-père ne cessait de faire des commentaires sur l'argent et comment l'économiser. Je ne comprenais pas pourquoi il tenait à me faire cette leçon d'économie à mon âge. J'étais en train de me laver les mains. Il vint vers moi et ferma le robinet qui avait un débit assez faible.

— Pendant que tu laves tes mains, il ne faut pas gaspiller l'eau ; ça coûte de l'argent. Tu ouvres le robinet juste pour faire partir la mousse du savon. Économie ! Économie !

Eux aussi avaient beaucoup de boîtes de médicaments. Je les rassemblais et construisais des bâtiments. Mon jeu consistait à imaginer une ville moderne avec vue sur la mer. Pour figurer la mer, j'avais étalé un chiffon bleu trouvé dans la cuisine. J'étalais des miettes de pain pour donner l'impression de dunes de sable. Je savais qu'après le passage du vent d'est, le sable forme des dunes.

Le soir, mes parents ne sont pas venus me chercher. Pourtant le lendemain je devais aller à l'école. Mes grands-parents sont sortis et je me suis retrouvé tout seul dans la maison. Je me suis endormi très vite pour ne pas avoir peur.

Le lendemain, mon grand-père m'a pris à part :

— Tu dois rester chez nous quelques jours. Ta sœur est malade. Tes parents sont inquiets et pour le moment ils ne peuvent pas s'occuper de toi. Tu vas rater l'école, ce n'est pas grave.

J'ai appris plus tard que je n'avais plus de sœur. À la maison, il était désormais interdit de prononcer son prénom ou de faire allusion à son existence. Le silence et le secret. Je ne comprenais pas le comportement de mes parents. Sa chambre restait fermée à clé. Le mystère grandissait et moi aussi je me mis à participer à cette mascarade. Avec le temps, je commençais à perdre son image. Toutes les photos où elle apparaissait avaient été retirées, peut-être déchirées ou mises dans un coffre. Je me persuadais qu'elle avait commis un crime, quelque chose qui avait fait beaucoup de mal à toute la famille. Le silence était aussi entouré d'un sentiment de honte. Mais pourquoi ? Je n'en savais rien.

Le jour anniversaire du drame, mes parents partaient en voyage et me laissaient comme d'habitude chez les grands-parents où je recevais toujours les mêmes leçons d'avarice. À l'époque je ne connaissais pas le mot « avarice », mais tout dans cette maison le désignait, tout respirait cette maladie. Je ne comprenais pas pourquoi ils accordaient tant d'importance à l'argent au quotidien. Lumière faible. Nourriture insuffisante. Ils ne m'embrassaient jamais. Une fois mon grand-père m'a demandé de l'accompagner au marché. Il marchandait beaucoup. Il me disait : « Un dirham est un dirham » puis ajoutait : « Avant on disait : *una peseta es una peseta.* » Au lieu d'apprendre ce qu'il voulait m'inculquer, je me sentais étranger à ces pratiques. Je détestais marchander. J'allais être le contraire d'un avare.

Avec le temps, j'ai commencé à réaliser que cette famille n'était pas normale. Tout se traitait dans l'obscurité et le silence. Les choses ne se disaient pas. Ma mère était le pur produit de cette éducation où rien ne devait sortir de la maison. Ils visaient une certaine perfection à travers cette discrétion maladive. Dans leurs murmures, il était toujours question à la fois d'honneur et de honte. Deux choses que je n'assimilais pas, parce que je ne comprenais pas à quoi ils faisaient allusion.

À mes quinze ans, je sus qu'il me fallait prendre un autre chemin. Je travaillais durement au lycée. Le souvenir de ma grande sœur s'estompait peu à peu et mes parents se disputaient de plus en plus. Ils étaient sur les nerfs, un petit rien les mettait dans des états de nervosité et d'agressivité d'une violence inouïe. Je ne voulais pas faire le lien entre la disparition de Samia et la dégradation de leurs rapports. Pourtant, l'explication était là. Je ne posais pas de question. J'observais des scènes quasi théâtrales et je me sentais de plus en plus étranger à cette famille et à ses secrets.

Dès que j'ai eu mon bac, j'ai demandé au ministère une bourse pour poursuivre mes études. En contrepartie, je signais un contrat d'engagement avec l'État. Je me disais qu'ainsi mon avenir était assuré. Je ne pouvais compter que sur moi-même. Heureusement qu'à Rabat, où je partis étudier, je fis la connaissance d'une jeune professeur de droit, une coopérante venue des environs de Paris. J'étais son étudiant mais petit à petit les choses ont évolué entre nous. Elle avait à peine cinq ans de plus que moi. La plus grande discrétion s'imposait. J'appris beaucoup de choses de cette relation. J'étais tombé amoureux ; elle, pas vraiment. Tout en gardant ma chambre à la cité universitaire que je partageais avec un étudiant du Rif, je m'étais installé chez elle. Nous étions un couple, mais il ne fallait pas que ça se sache, d'autant plus que c'était l'époque où les militants islamistes envahissaient le campus et essayaient d'imposer leur doctrine. Ils appelaient la police pour surprendre des couples non mariés qui tombaient sous la loi de l'interdiction des actes sexuels hors mariage. Sonia risquait l'expulsion et moi l'arrêt de ma bourse d'études.

Entre une famille engluée dans la morale et la honte et une vie estudiantine sous haute surveillance religieuse, je ne savais où trouver ma place. L'idée d'émigrer vers n'importe quel pays où je serais libre me hantait. Mais quelle peine j'aurais causée à mes parents si j'avais trouvé le moyen de m'en aller.

Avec Carmen je découvrais un autre monde, un monde où l'individu avait sa place, son droit et sa liberté. Sans pouvoir l'exprimer, c'était à cela que j'aspirais.

Carmen tomba enceinte. Pour elle, pas question de garder le bébé ni de se faire avorter clandestinement à Rabat. Elle profita des vacances de fin d'année pour rentrer en France, où l'avortement était légal. Elle ne revint pas reprendre son travail. Elle ne répondait plus à mes lettres. Elle avait tiré un trait sur son expérience marocaine qui avait dû lui laisser un goût bien amer.

Quelques années plus tard, j'ai lu un article sur un premier roman écrit par une jeune enseignante du nom de Carmen Laplace, *Les citronniers de Rabat.* Il y avait sa photo. Elle avait coupé ses cheveux. Elle disait que le Maroc était un pays merveilleux, mais que les gens n'étaient pas éduqués, un pays où la religion voulait tout contrôler y compris les rapports intimes entre homme et femme.

J'ai eu envie de lire ce roman. Mais aucun libraire

de Rabat ne l'avait commandé. Il n'était pas interdit, mais on avait dû leur déconseiller de le faire venir de France.

Après ma licence en droit, je suis entré à l'École d'administration de Kenitra. J'avais réussi à mettre un peu d'argent de côté. Ainsi, en revenant travailler à Tanger, j'ai pu louer un petit appartement boulevard Pasteur, loin de mes parents, loin des secrets, loin de la maladie alibi à tout.

Je me sentais seul et cela ne me pesait pas. Je lisais beaucoup et regardais des films piratés. Ma mère, toujours angoissée et inquiète, me demandait chaque fois que je la voyais : « Alors, qu'est-ce que tu attends pour te marier ? Tu ne vas pas nous amener une de ces étrangères de passage ? J'ai des propositions à te faire. Fais-moi confiance. Je te connais et je sais ce qu'il te faut comme épouse. »

Je la laissais parler sans faire de commentaire.

J'ai rencontré Najia lors d'une conférence donnée par Amin Maalouf au centre culturel français. Ce ne fut pas un coup de foudre, mais une amitié construite sur des livres lus et commentés autour d'un thé au Café de Paris. Cheveux courts, une jolie poitrine, une peau mate et une belle allure. Tout pour déplaire à ma mère, pour qui toute peau doit être absolument blanche.

Nous nous sommes mariés sans le dire à nos parents. J'ai compris que pour réussir mon mariage il fallait tenir mon épouse le plus loin possible de ma mère et des drames dont elle a besoin pour vivre.

42

SAMIA

Sans date

Ma mère n'a même pas eu le temps de crier. Elle s'est tout de suite évanouie. Elle a fermé les yeux et a laissé son corps tomber comme un sac. Ne pas vivre ce qui venait d'arriver. Ne pas le voir. Ne pas le reconnaître. S'absenter. S'en aller. Disparaître en un mouvement bref et décisif. C'était bien commode. Moi, je n'étais plus là. Tout le monde s'affairait autour de ma mère. Elle venait de remplir la case manquant à son hystérie, à son mal-être, à son hypocrisie pathétique. À la limite, tant mieux. Au moins on ne l'entendait plus. Elle tombait dans un coma bienvenu. Avec ça, elle avait des arguments imparables que personne n'oserait critiquer.

Je venais de lui fournir la matière d'un mauvais roman noir où tout est dégoulinant de mauvais sentiments.

Mon père, dévasté, pleurait en silence, la tête tournée contre le mur. Il priait, lui qui n'a jamais mis sa foi en avant. Il ne priait pas forcément Dieu. Il priait le ciel et le mur, il priait la terre et la forêt, la montagne qui bouge et la source qui pleure. Il a mis son âme dans un trou, là où le lendemain matin, juste avant la prière de la mi-journée, on m'a jetée, ou plutôt, pour être polie, on m'a déposée. Des prieurs professionnels ont dit la sourate des « Femmes », pas en entier, mais quelques versets pour accompagner l'âme de la défunte. Les femmes n'ont pas été admises au cimetière. Elles sont restées à la maison pour pleurer en chœur cette disparition brutale. Certaines ont préparé des choses légères à manger pour ceux qui reviendraient un peu plus tard partager la peine et la douleur de la famille. Chacune des femmes a dit combien la vie est injuste, combien Dieu nous met à l'épreuve, que le croyant est disposé au malheur sans broncher. Chacune a dit que telle est la volonté du Tout-Puissant, et que cette âme est l'incarnation d'un ange que Dieu a voulu rappeler à lui.

Pendant ce temps-là, j'ai repensé à mon journal intime que je n'ai pas rangé. Si ma mère tombe dessus, ce sera terrible. Peut-être l'ai-je laissé en évidence volontairement.

Ils ont bien fait de laisser mon frère chez les grands-parents. Des funérailles peuvent être traumatisantes. Je me souviens d'une de mes pauvres tantes, morte en accouchant dans une clinique où l'anesthésiste s'était trompé de dose. La fête de la naissance s'était transformée en deuil et chagrin. J'avais six ans et j'avais assisté à tout. Durant plusieurs mois, j'eus des cauchemars. Je voyais des fantômes. Je croyais que la mort était une femme enveloppée dans un immense drap gris. Elle passe et attrape des gens au hasard avec son crochet. Je la voyais tourner autour de notre maison. Je ne voulais pas réveiller mes parents. Là, on dira à Adam que sa sœur est partie en voyage. C'est ce qu'on dit aux enfants qu'on prend pour des imbéciles. Je ne suis plus une enfant. À présent je sais tout de la mort, de l'enfer et du paradis. J'ai tout inventé. Je ne me suis pas trompée. La mort pour moi c'est cet immense linceul de silence blanc qui peu à peu se fait dévorer par des insectes. Le tunnel, la petite lumière au bout, la caresse du vent et des fleurs, tout ça, c'est bidon. La mort c'est rien. On traverse un écran et on devient une image, un souvenir frêle et sans importance. Sauf que pour ma mère, le souvenir deviendra une montagne dure à escalader, un ravin où elle tombera souvent, une mer où elle se laissera mourir. Ce sera un capital aussi. Le malheur mis en boîte, archivé, prêt à jouer son rôle.

Mon père a les pieds sur terre. C'est un homme raisonnable, pas très malin, peut-être même naïf. Il saura ranger ce souvenir atroce. Même si son âme sera ébréchée, avec par-ci, par-là quelques trous, il saura composer avec la réalité. Vous avez vu comment, d'homme intègre, il a fini par accepter d'être comme tout le monde et s'est fait allègrement corrompre sous la menace et l'œil inquisiteur de sa femme. Mon père, c'est cette superbe contradiction. Faible, facilement lâche, mais avec le sourire et même avec un peu d'humour. Il est né droit ; ma mère lui a fait courber l'échine ; elle a réussi à appuyer sur sa colonne vertébrale juste ce qu'il faut pour qu'il renonce à sa dignité sans faire de bruit, sans que ça se sache. Et le voilà qui geint et se plaint. Il dit que c'est le désespoir de ma disparition qui l'a poussé à faire comme tout le monde et à se laisser corrompre. Ce n'est pas vrai, il a été corrompu dès le début, par faiblesse, par lâcheté. C'est tout. Il a cru avoir acheté la paix du foyer en rapportant des enveloppes pleines d'argent sale. Même pas. Le mépris. Voilà la clé de l'histoire de ce couple qui aurait pu se contenter de vivre modestement et accepter la vie telle qu'elle est. Ma mère l'a méprisé. Alors, il a répondu moyennant quelques enveloppes. Ensuite, pour se venger, il s'est mis à se perdre entre les bras de femmes aussi nécessiteuses et malheureuses que lui. Pas très jolie cette histoire. Et moi, témoin invisible, je me taisais. Moi aussi j'ai choisi de m'éloigner de la réalité. Ma poésie est mièvre, navrante, mais elle vient d'un fond blessé. J'avais besoin de l'extirper de là où elle gisait. Besoin de me laver de ces mots qui s'accumulaient, formant un amas de médiocrité.

Le reste est arrivé comme c'était prévu. Pas de regrets. Pas de remords. Juste le goût amer de cette terre qui m'emplit la bouche jusqu'à fermer à jamais mes paupières et ma gorge.

Ma solitude élue s'est fissurée
Des miettes en tombent
Et jonchent le sol de mes insomnies

43

MOURAD

« Quand je réfléchis à ma vie, il m'apparaît évident que ta tutelle m'a, pour toujours, évité les aventures sans intérêt et m'a préparé à rencontrer des êtres vraiment vivants. Si je voulais faire le compte de tout ce que j'ai senti à plein, il se trouverait que je n'ai bien senti que ce que tu m'as appris à sentir et bien goûté ce que tu m'as appris à aimer. » (Bertrand de Jouvenel, lettre à Colette.)

J'ai noté, il y a longtemps, cette phrase dans un de mes carnets. Je me souviens avoir espéré l'utiliser un jour comme déclaration d'amour à une femme qui aurait sauvé ma vie. Cette femme, je ne l'ai jamais rencontrée. Elle existe, mais elle a toutes les raisons du monde pour ne pas croiser ma route. C'était l'époque où je croyais à l'amour comme un adolescent. L'amour fou, évidemment.

Mon dos s'est arrondi. Mon corps s'est tassé. On me

dit que c'est l'âge, moi je dis que non, c'est dû à la médiocrité de ma vie que j'ai fini par accepter et intégrer dans mes jours et mes nuits. Je suis lucide. Je ne me raconte pas d'histoires. Il est vrai que je rêvais d'une autre vie, un autre destin. Mais ma première faiblesse a été de faire des compromis pour résoudre des problèmes immédiats. Puis il y a eu le jour funeste, le fameux dimanche où tout a basculé. La tragédie a creusé son trou dans mon corps, je me penchais souvent pour résister à la douleur. Je me suis tant penché que ma colonne vertébrale n'est plus droite. J'ai tout perdu et je me suis laissé aller, comme pour contourner l'angoisse. J'ai refusé de prendre des antidépresseurs. Ma femme en abusait. Elle en prenait pour elle et pour moi. Je me suis laissé faire au travail et le reste du temps, j'ai fait comme tout le monde dans ce beau pays. On s'arrange. On dit « *kdhé haja* », « bricole, fais avec, ne sois pas trop observant et surtout pas rigoureux ». C'est ce « bricolage » qui a fait du Maroc le pays de tous les possibles et aussi celui de beaucoup de ratages. Nous ne sommes pas fiables. Pas sérieux. Pas présents. Les riches veulent gagner vite beaucoup d'argent et ne pensent pas à leur pays. Les pauvres se débrouillent ; ils ont plus d'imagination que les riches.

Ce matin, je suis de mauvaise humeur.

Je ne suis pas un bon musulman. Tout ce que j'ai vécu me pousse au doute. Pourtant, aujourd'hui, je me suis réveillé avec l'idée fixe d'aller me recueillir sur la tombe de Samia, chose que je n'ai pas faite depuis plusieurs années. J'ai une répulsion vive pour nos cimetières. Nous traitons nos morts avec un dédain cruel.

Ce matin, je me ferai accompagner par notre ami mauritanien qui connaît bien le cimetière des musulmans. Je m'appuierai sur son bras et nous irons à pied en ce vendredi ensoleillé.

L'entrée est sale. Le gardien est sale. Des chiens perdus et affamés rôdent tout autour. Des chats tranquilles dorment au soleil. Je vois une agitation anormale. Viad se renseigne auprès du gardien qui ne lui répond pas. Un Noir qui pose une question a peu de chances d'obtenir une réponse. C'est à moi de lui demander ce qu'il se passe.

— On démolit la partie ancienne pour construire une mosquée.

— On détruit, on démolit…

— Oui, des gens ont fait une pétition pour avoir une mosquée là.

Je le regarde et je sens comme un coup de poing dans le ventre. Je viens de me rendre compte que la tombe de Samia se trouve dans cette partie où des ouvriers creusent. Je suis désespéré. Je prends le bras de Viad et lui demande de me ramener à la maison.

— Il ne faut rien dire à Madame. Elle nous fera un scandale.

— Oui, monsieur.

— Un pays où on construit plus de mosquées que

d'écoles ou d'hôpitaux est un pays fini. Rien de bon n'en sortira. On peut prier à la maison, on peut même prier mentalement, on n'a pas besoin de mosquée. Ma mère, malade, a prié assise les dix dernières années de sa vie. Elle était très croyante. Elle faisait ses prières en silence et n'embêtait personne. Aujourd'hui, ceux qui croient veulent le faire savoir à tout le monde. Quelle erreur ! Quelle arrogance. Une mosquée va être construite sur les restes de ma fille. Je sais, son âme est ailleurs, mais quand même, il y a des symboles, des rites, un peu de respect bon Dieu de bon Dieu !

— Vous avez raison, monsieur. Nous avons le même problème en Mauritanie. Mais c'est à cause des Saoudiens. Ils ont donné de l'argent pour des mosquées et rien pour des hôpitaux. Quant aux écoles, quand ils les financent, c'est pour enseigner leur islam, dur et très rétrograde.

— Le pétrole ! Ah, le malheur de ces Arabes. Pourvu qu'on ne trouve jamais de pétrole sous le sol marocain.

En marchant, je ne cessais de penser à ma petite qu'une pelleteuse a dû ramasser en plusieurs fois et jeter dans un camion qui ira déverser cette terre et ces os dans une décharge.

Pendant longtemps, je me suis dit : « Tant que je me souviens d'elle, elle est vivante. » Soudain, mes souvenirs sont brouillés, enveloppés de cette mauvaise poussière que soulèvent les camions. Là, plus que jamais, je réalise l'immense vide qu'elle a laissé. Ce vide, à présent, est un trou dans la terre. Tant de corps réduits en poussière. Plus aucune trace de ma fille. Elle vient de mourir une seconde fois.

Je pense à l'ami Gabriel, un catholique conservateur et croyant, qui a pris les dispositions, au cas où il décède à Tanger, de se faire incinérer à Ceuta, ville marocaine occupée par l'Espagne depuis cinq cents ans. Les musulmans interdisent l'incinération.

Réduire le corps en cendres est le meilleur moyen d'éviter d'être ramassé par une pelleteuse, des années après l'enterrement.

Il va falloir y penser sérieusement. Même mort, un musulman ne s'appartient pas. La communauté décide de sa vie et de sa mort. Pas moyen d'échapper à cette emprise.

Quand j'étais jeune, avec des copains, on évoquait souvent l'Australie. Émigrer dans le pays le plus éloigné du Maroc. Partir très loin pour oublier le pays natal qui n'est pas si tendre avec ses citoyens. Mais où l'on va, les racines nous suivent et ne nous lâchent jamais. Alors, il vaut mieux oublier l'Australie et crier avec la foule « Vive le Maroc ! ».

44

MALIKA

Il est temps de faire la paix. La paix avec mon mari, avec mon fils et sa femme, avec mon autre fils qui gèle au Canada et ne vient plus nous voir, faire la paix avec moi-même et aussi avec les absents. Il n'y a pas mieux pour cela qu'un pèlerinage à La Mecque. J'en rêve depuis longtemps. À présent, le temps de la réconciliation avec la vie est arrivé. Je suis fatiguée de voir le monde en noir.

J'ai proposé à mon mari de puiser dans nos économies et de nous préparer à nous rendre sur la terre sainte.

— Bonne idée, mais tu oublies que je ne peux plus prendre l'avion. Tu pourrais y aller avec ta nièce qui prie jour et nuit et qui a obligé ses filles à se voiler au point de les rendre laides. Et tu oublies qu'on ne peut pas partir quand on veut, il faut participer à la loterie.

— La loterie ? Oui, mais ça s'achète. Tu le sais bien.

Je ne réponds pas à ces attaques. En même temps, le

laisser seul durant un mois est trop risqué. Il est malade et il a besoin de moi. Qu'il m'encourage à partir implique une volonté de profiter au maximum de mon absence. Je le connais. Il fera venir ses anciennes maîtresses pour consoler un mari abandonné par sa femme. Je passerai pour une irresponsable et une égoïste. Ce que je ne suis pas, évidemment.

Il vaut mieux renoncer à ce projet. Mais alors comment et où trouver la paix dont je sens le besoin ? Mes articulations me font souffrir. Mes jambes enflent. Ma tête est sujette au vertige. L'arthrose me tue. Et puis, lui, ce mari qui n'est plus un homme, il me fatigue, me fait de la peine et j'ai envie de le battre. Je ne suis pas violente, mais parfois je ne me maîtrise plus. Il a l'art de faire sortir de moi cette pulsion de violence. Bon, j'arrête et je n'oublie pas que je dois me mettre sur la voie de la paix. Je me calme.

La maison est sombre. Les tapis ont perdu leurs couleurs. Les fenêtres sont tout le temps fermées.

Et si on quittait cette maison ? On la met en vente et on s'installe dans un nouvel appartement, tout blanc, tout propre, donnant sur la mer... ça changera beaucoup de choses... Changer de décor, nous séparer de ces meubles vieillots qui sentent le pourri... Non, il ne voudra jamais quitter cette cave !

Je laisse tomber le projet de La Mecque. Notre santé ne nous permet pas de faire un tel voyage. Je n'ai aucune envie de mourir chez les Saoudiens.

J'ai une autre idée : et si on faisait un petit voyage en

Andalousie, comme au début de notre mariage. Voir Grenade, Séville et oublier nos malheurs. On prendra le bateau. Auparavant, je demanderai à notre fils de repeindre la maison, de changer certains meubles et d'installer un système d'alarme pour assurer notre sécurité. Le Noir l'aidera.

Je rêve. J'ai le sentiment que c'est tout ce qu'il me reste. Je suis allongée sur ce matelas que mon corps endolori a façonné. J'ai oublié de prendre les médicaments. Je ne me souviens plus si je les ai pris ou non. Je demande à Viad s'il m'a vue prendre mes médicaments. Il me dit qu'il ne sait pas. Je perds la tête, je ne sais pas où je suis. Il faut que je me ressaisisse. Ça ne va pas. Ma mémoire se met à me jouer des tours. Ça me rappelle ma mère et sa fin de vie. Pourtant la perte de mémoire n'est pas contagieuse. Je demande à Viad de m'apporter un miroir. Je vais vérifier si c'est bien moi qui doute. Il m'apporte un verre d'eau. J'ai oublié ce que je lui ai demandé. Tout ça est étrange. Mais qui est ce vieillard penché sur un vieux livre ? Ce n'est pas mon mari. Mon mari est mort depuis longtemps. Je l'ai tué ou plus exactement je l'ai aidé à mourir. Un coup de pouce. Une petite vengeance. Il n'a rien senti. Il est parti le sourire aux lèvres. Il n'est pas revenu. Non, c'est impossible. Il a été enterré à côté de notre fille. Mais alors qui est là ? Je lui parle, il ne me répond pas. Il bouge à peine. C'est un fantôme, une illusion. Viad, lui, est là. Il est noir. Je ne peux pas le confondre avec quelqu'un d'autre. Il m'apporte un miroir. Pourquoi me donnes-tu ce miroir ? Je m'y regarde. Quelle horreur. Je suis affreuse, laide, horrible, froissée, ridée, sans dents, je fais peur. Je hurle. L'homme penché sur le vieux livre se lève et vient poser sa main sur ma joue. Un étranger qui me caresse la joue. C'est bon. Mais il faut qu'il s'en aille. Viad m'aidera à le faire partir. Je dois me lever ; j'ai besoin d'aller aux toilettes ; je dois aller aux toilettes ; trop tard, j'ai fait sous moi comme un bébé, ça pue, ça ne me dérange pas. Je ne contrôle plus rien, ni ma tête ni mes muscles. Tout part, tout s'écroule et je sens mauvais. C'est ça la mort ? On m'avait parlé des parfums, des fleurs, des sourires, une belle lumière, des anges blancs qui dansent et vous montrent la porte du paradis... Là, c'est autre chose. J'ai dû me tromper de destin. Crever dans sa merde, c'est insensé ! Je ne résiste pas, j'en suis incapable, je me laisse tirer vers un tunnel, je sais qu'une noirceur arrachera mon âme puis jettera mon corps dans un trou. Je dois attester qu'il n'y a qu'un Dieu et que Mohammad est son prophète. Je répète la formule. Quelqu'un m'assène un coup de fouet. C'est fini. Mais arriver chez le bon Dieu puante, ce n'est pas une bonne chose. Mais je n'ai plus de volonté. Je ne suis plus rien. Je suis passée à côté de ma vie. De toute façon, il n'y a plus personne à qui m'adresser. Un visage avec des taches de rousseur se penche sur moi. Il me dit quelque chose, me parle d'azur, de prairie et d'orchidées. Puis il disparaît. Le Noir a lui aussi disparu. On me lave avec de l'eau chaude. J'entends des voix réciter le Coran. Je ne sens plus mauvais, je ne sens plus rien. Je suis propre, je suis jeune, je suis prête à enjamber la mer et les montagnes pour rejoindre ma fille qui célèbre ses fiançailles avec le printemps et le soleil. Ma tête est lourde. On la dépose et on la couvre d'un tissu blanc. On a mis à la place de chaque œil une moitié de datte. C'est la tradition. Ne pas confondre la tête avec les pieds. Je me laisse faire. Je ne peux pas faire autrement. Ils prient et moi je m'éloigne. Je pars très loin, là où plus personne ne peut me contrarier. Je ne suis plus fatiguée ni malade. Je suis seule et je joue à la marelle sur un nuage d'une blancheur éblouissante.

45

ADAM ET MONCEF

Nous avons enterré notre mère. Pour nous, comme pour elle, ce fut une délivrance. Elle était fâchée avec la vie et sourde au bonheur. Elle était incapable de jouir de choses simples, d'être satisfaite de ce que le destin lui apportait. Elle voyait l'ombre de la vie partout. Comme un mur inébranlable, ou une montagne impossible à escalader.

Nous nous regardions, et nous pensions la même chose : la mort a bien arrangé les choses. Notre père était très affecté et nous nous demandions si cette disparition allait l'aider à supporter la vieillesse ou faire naître chez lui une sorte de nostalgie de mauvais augure.

Le soir, nous nous sommes retrouvés dans cette maison que nous n'aimions pas. Son odeur, son humidité, sa dégradation nous mettaient très mal à l'aise.

L'idée de proposer à notre père un autre lieu pour vivre s'est imposée comme une évidence. Il doit quitter ce sous-sol et cette mémoire moisie. Il doit se débarrasser de ces meubles antiques, de ces tapis mités qui ont perdu leurs dessins, de tous ces objets inutiles. Fermer la maison et la mettre en vente. Notre père était de notre avis. Il nous a demandé de passer la nuit avec lui. L'ombre de notre mère était partout. Aucun de nous n'a trouvé le sommeil. Alors notre père a préparé du café et nous a demandé de l'écouter :

« Mes enfants, je dois vous faire un aveu. Si votre mère a été si malheureuse, c'est parce que je n'ai pas su la rendre heureuse, et aussi parce que face à la tragédie je n'ai pas eu l'attitude qu'elle attendait. En vérité, j'avais pensé me rendre dans l'appartement du Khenzir et lui planter un couteau dans le ventre, le tourner et retourner jusqu'à ce qu'il crève. J'ai été tenté par la vengeance ; je voulais me faire justice moi-même quitte à aller en prison. Mais je n'ai pas eu ce courage ; j'ai été retenu par mon éducation. Elle m'en a voulu. Tout dans notre couple s'est cassé, définitivement.

« J'ai compris plus tard que ses maux physiques étaient les signes d'une dépression grave et profonde. Je ne l'ai pas compris à temps. Je me suis égaré dans la corruption et ce qu'elle implique. Je ne suis pas fier de ce que j'ai fait. Je ne vous demande rien. Je voulais juste que vous le sachiez. Je vous aime et je vous remercie d'avoir pris soin de moi. »

Un silence pesant a suivi ces mots. Notre père s'était assoupi. Nous l'avons couvert et nous nous sommes enfin endormis dans ce sous-sol plein d'ombres menaçantes.

46

MOURAD

Depuis la mort de Malika, je ne sais que faire, où aller, que devenir. Elle me manque. Terriblement. Je me lève la nuit et je la réclame. Besoin de sa présence. Besoin de la savoir là. Pourtant elle m'agaçait tellement, me mettait dans tous mes états.

Mon fils m'a fait quitter la maison. Je n'ai pas hésité et l'ai remercié de cet immense service qu'il me rendait. Quitter cette cave de malheur devenait une urgence. Les murs, les tapis, les vieux matelas, les canapés, l'air, les vieilles photos posées sur des meubles qui ne servent à rien, tout cela me déprimait. Le plafond est parcouru de fissures. Ce doit être les prières de ma femme qui ont tellement buté contre cette dalle en béton qu'elles y ont fait des trous. Je savais bien que ses superstitions et ses prières ne dépassaient pas ce plafond. Il était vain de la dissuader de s'adresser tout le temps au ciel, lequel restait toujours indifférent. Cette maison nous ressemble. Nous avons réussi à la vider de son âme bonne et généreuse pour en faire une prison où plus rien n'avait de sens. On dit que les chiens finissent par ressembler à leur maître. Nous, nous n'avions pas de chien, mais notre maison, réduite à ce sous-sol, était à l'image de notre tristesse et de notre malheur.

Après la disparition de ma femme, tout s'est mis à prendre des proportions énormes. Mes souvenirs étaient en lambeaux, le temps y versait une immense jarre de tristesse. La solitude, la nuit, devenait insupportable. Mon sommeil était ponctué de réveils brusques, inquiétants. Les murs se rapprochaient de moi, penchaient vers mon lit, m'oppressaient. J'avais du mal à respirer. Un soir, je suis monté dormir dans le salon des chats. Impossible de trouver le sommeil. Je suis redescendu à la cave. J'ai mangé un yaourt dont la date de consommation était dépassée. J'ai eu mal au ventre. J'ai essayé de recracher ce que je venais d'avaler. J'ai tout vomi, ensuite j'ai eu faim. Il y avait un morceau de pain rassis. J'ai fait bouillir du lait et j'y ai trempé le pain. C'est bon pour les chatons, pas pour moi. J'ai eu l'impression que je régressais. Il fallait quitter ce lieu, ce quartier et peut-être même Tanger. Où aller ? Ah, si j'avais le choix, si j'avais les moyens pour exercer mon choix. La Toscane, un petit village tranquille. Ou bien la côte amalfitaine. Oui, aller à Naples, circuler dans ses vieilles ruelles, manger un plat de pâtes et attendre la voiture qui m'emmènerait à Amalfi. Revenir à Amalfi ! À l'Albergo Santa Catarina.

Je prendrais la chambre 9. Là où, il y a longtemps, très longtemps, l'époque où j'avais obtenu une bourse pour visiter l'Italie, j'ai aimé une femme. Je l'ai aimée à la folie. Elle me rendait heureux, me donnait des ailes, me faisait tellement de bien que je confondais rêve et réalité. Elle s'appelait Chiara, avait une chevelure noire qui sentait très bon, une peau cristalline, d'une blancheur transparente, des yeux tantôt bleus, tantôt verts, des yeux clairs qui me faisaient chavirer, partir dans un rêve éveillé. Chiara ! Un corps superbe, une intelligence hors du commun, des intuitions justes, une présence qui me comblait. Je lui baisais les mains tous les matins pour la remercier d'être là. Chiara, Amalfi, Santa Catarina ! Tout un cortège de vieilles photos qui passe et repasse. Comment ces images ont-elles réussi à me parvenir en cette fin de journée où le froid et la tristesse me pénétraient et me faisaient trembler ? Je ne sais pas. C'est la magie du souvenir. Ou simplement mes rêves d'antan sont de retour. Ils m'inventent des histoires extraordinaires pour me consoler de ma vie plate et amère. Chiara ! A-t-elle au moins existé ?

J'habite à présent dans un joli appartement ensoleillé. Je passe la journée à regarder la mer. Je me sens bien. Mais Malika n'est pas là. Je n'ai pas envie de voir d'autres femmes. Viad dort dans la chambre mitoyenne de la mienne. Il se prépare à demander en mariage une jeune fille de bonne famille. Il s'en sort très bien. Il m'a dit : « C'est une fille plus âgée que

nos amours ? ». Rien. Mon cœur, mon esprit ont été saccagés assez tôt. Depuis la tragédie, je n'ai plus le cœur à rien. Et mon dégoût de vivre s'est alimenté de ma mésentente avec ma femme. Si elle me manque aujourd'hui, c'est parce que son tempérament, son hystérie, sa folie m'étaient utiles pour nourrir ce besoin de déverser une petite haine au quotidien sur quelqu'un de proche. Ce n'est ni loyal ni moral. Mais c'est ainsi.

Je me souviens d'un film japonais où on voit un homme porter sa mère sur son dos pour l'emmener mourir en haut d'une montagne sous un arbre où des oiseaux de proie attendent sa venue.

Des images étranges suivies de notes de musique stridentes m'arrivent de l'autre côté de la mer. Je ne suis pas prêt pour demander à mon fils de me porter en haut de la Vieille Montagne. Non, je suis bien là, face à la mer. Je la regarde et j'imagine des choses. Je revois des figures disparues, des moments de bonheur volé, des morceaux de souvenirs plutôt heureux, l'image de Chiara vient se confondre avec celles de mes actrices préférées, décédées depuis longtemps mais qui continuent de m'accompagner dans mes rêveries. Ava Gardner courant sous la pleine lune sur une plage du Pacifique ; Gene Tierney lisant un gros roman dans un train face à Cornel Wilde, Natalie Wood folle d'amour pour Warren Beatty dans *La fièvre dans le sang*, Faten Hamama dans un mélo en noir et blanc, Simone Signoret dans *Casque d'or*... Liv Ullmann abandonnée par son mari dans *Scènes de la vie conjugale*...

Ces images se fondent les unes dans les autres et constituent un film où, enfant, je suis assis sur un tabouret, au soleil, en train de feuilleter un vieux numéro de *Cinémonde*.

L'enfance jaillit de ces moments de silence et de recueillement. Elle est nue, sans tendresse particulière. Je suis de corvée d'eau ; je fais la queue devant la fontaine publique pour remplir mon seau. Il fait froid. Nous sommes à Fès il y a très longtemps. L'eau est précieuse. Il ne faut pas en perdre une goutte. Je la ramène à la maison, ma mère me donne un bol de soupe pour me réchauffer.

L'été est aussi violent que l'hiver. Il fait très chaud. Fès respire mal. J'étouffe. Mon père nous promet de nous emmener passer le restant de l'été à Tanger chez son frère aîné. Il nous dit que grâce aux deux mers, l'air est toujours frais. J'en rêve.

47

VIAD

Depuis le temps que je suis au service de cette famille, j'ai l'impression d'en faire partie. Désormais je m'occupe de Monsieur. Il est de plus en plus fatigué. Parfois, il s'endort assis. Il bave. Je lui nettoie la bouche et le menton. Ça le réveille, puis il dit des choses incohérentes. Je ne sais pas quel est son âge. Je me souviens qu'il m'a dit un jour que même lui ne connaît pas sa date de naissance. Sur ses papiers, il y a une date approximative. Il doit avoir dépassé les quatre-vingts ans. Mais cela n'a aucune importance. Cet homme souffre. Je ne sais pas quoi faire. J'ai appelé son fils, l'autre est loin. Il m'a promis de passer le voir dans la journée. Je l'ai attendu. Il n'est pas passé. Il doit être très occupé, ou alors, comme disait Madame, il n'a pas eu le visa de sa femme. Non, je ne pense pas. Il est tout simplement au travail. Son chef est tyrannique. Il le garde auprès de lui jusque très tard la nuit.

J'ai préparé une soupe de légumes. Mais Monsieur

n'a pas faim. Il ne se nourrit plus. Je crois qu'il en a assez de cette vie. Il se laisse mourir, lentement.

C'est ensuite l'heure de sa toilette. Il ne sent pas bon. Il a dû faire sous lui. Ça arrive aux vieilles personnes qui ne se contrôlent plus. Je ne pense pas qu'il puisse se déplacer jusqu'à la salle de bains. J'essaie de le lever. Il bouge à peine. Dix mètres à franchir avec tout son poids sur mes bras. Je prends des gants, je l'installe dans la baignoire, le déshabille et le lave avec de l'eau tiède. Il aime sentir l'eau couler sur sa peau. Par son regard, je comprends que je dois augmenter le jet d'eau. Il ferme les yeux et sourit. Il doit se sentir bien. Moi aussi.

Je le laisse sous l'eau et je change les draps que je donnerai demain au pressing. Je prépare le lit. Je reviens à la salle de bains. Il s'est assoupi. J'arrête l'eau ; ça le réveille. Il essaie de se lever. Difficile. Heureusement que j'ai assez de force pour le sortir de la baignoire et l'envelopper dans un peignoir. Tout doucement, je le ramène à son lit. Il voit que les draps sont propres. Il me regarde en me souriant. Il me dit : « Merci beaucoup. » Il accepte de manger la soupe que j'ai préparée. Il réclame une paille, c'est plus facile pour avaler le liquide.

Il se regarde dans un petit miroir et me fait signe qu'il faut qu'il se rase. Je lui promets que ce sera fait le lendemain.

Il ferme les yeux et me dit : « À demain. »

Je me retire dans ma chambre. J'avoue être fier de

moi. Jamais je n'aurais pensé que j'étais capable de faire tant de choses pour une personne en fin de vie. J'aime bien cette petite chambre. Tout mon capital est là. J'ai mis de côté un peu d'argent. Il y a la photo de ma fiancée. J'ai peur qu'elle change d'avis. Je l'appellerai demain.

Je suis fatigué mais satisfait. Je m'endors presque immédiatement.

Le lendemain, je prépare le café au lait et une tranche de pain grillé pour le petit déjeuner de Monsieur. Comme dans les films, j'arrache une fleur dans un pot sur le balcon et la mets dans un verre.

Quand j'entre dans la chambre, j'ai une intuition très forte. Monsieur est mort. Il est mort dans son sommeil. Je dépose le plateau et me penche sur lui. Il est froid. Je place le petit miroir devant son nez. Il ne respire plus. Il est mort propre. Il faut que je prévienne ses enfants.

48

ADAM

L'enterrement s'est bien passé. Comme d'habitude, il y avait trop de mendiants. Tout est allé très vite. Les laveurs du mort, les lecteurs du Coran, la préparation du corps, les coups de téléphone annonçant la nouvelle au reste de la famille ont été donnés, tout a été bouclé en moins de quatre heures. C'est la tradition. Sitôt l'âme partie, le corps doit être sous terre immédiatement. Pas une minute à perdre. On dirait que le corps est devenu une chose dangereuse dont il faut se débarrasser le plus tôt possible. Un oncle a plaisanté sur les anges chargés de récupérer l'âme et de la transporter au ciel. Comme les flics, il paraît qu'ils viennent toujours à deux, et toujours en retard, a-t-il dit. Puis il a ri. J'ai trouvé ça déplacé, mais il est connu dans la famille pour faire des blagues qui font rarement rire.

Le soir nous nous sommes retrouvés dans l'appartement. Viad s'est occupé de tout. Moncef est arrivé tard le soir. Il a pris un vol Montréal-Casa puis Casa-Tanger.

Je l'ai serré dans mes bras. Il pleurait. Viad lui a offert une tasse de thé chaud. Je lui ai raconté les dernières semaines de papa. Il était désolé d'avoir raté son départ. Il m'a dit : « Avec la disparition de papa, c'est la dernière barrière qui tombe ; à présent nous ne sommes plus protégés. »

Le lendemain, nous sommes allés vider l'appartement, pour rendre les clés au propriétaire. Il y avait peu de meubles. Viad a fait venir une camionnette pour emporter le tout à la vieille maison qui est toujours en vente.

Mon père avait constitué une petite bibliothèque de livres en arabe et en français. Il y tenait beaucoup. Il y avait un peu de tout. Des livres de voyage, des ouvrages d'histoire, des classiques dont certains étaient annotés. En particulier *Le livre des jours* de Taha Hussein et *Adolphe* de Benjamin Constant. Je me suis assis et me suis mis à lire les commentaires écrits de la main de mon père. J'ai appris ainsi qu'il aurait rêvé de vivre au XVIIIe siècle et surtout de ne pas se marier. En mettant ses livres dans un carton, mon regard a été attiré par un cahier d'écolier et un carnet rouge maintenus ensemble. J'ai pris le cahier, je me suis assis et me suis mis à lire. Notre sœur Samia avait tenu un journal et je l'avais entre mes mains. J'ai appelé Moncef et lui ai montré. Une écriture fine et régulière. Pas de ratures. Elle racontait ses journées. Entrecoupées de temps en temps par un poème. Certains étaient difficiles à comprendre. On y voyait surtout sa souffrance. Les dernières pages furent pour moi insoutenables. Comment avions-nous pu tous passer à côté d'une aussi grande sensibilité ? Je m'en suis voulu. Mon père avait donc vécu avec ce journal sans jamais en parler. Et notre mère probablement n'en connaissait même pas l'existence. Mon frère, après l'avoir parcouru rapidement, a lâché :

— C'est du passé tout ça ! On ne peut pas revivre éternellement ce drame comme nos parents l'ont fait. Que Dieu ait son âme et l'installe dans le paradis des innocents.

J'étais de son avis, mais j'ai gardé le journal de ma sœur. D'une certaine façon il raconte notre famille. C'est un témoignage, un document précieux. J'ai passé la soirée à le lire. Plusieurs fois j'ai eu les larmes aux yeux. Quel destin ! Un désastre, une défaite et surtout une immense solitude. Il faudrait que je montre les poèmes de ma sœur à un éditeur. Son rêve était d'écrire et d'être lue. Publier ses poèmes serait comme la venger du Khenzir. Durant des années, nos parents ont interdit qu'on prononce le prénom de Samia. C'était tabou. Petits, on ne savait pas pourquoi. À présent, je sais. Ce drame les a détruits. Ils sont morts la rage et la honte au cœur.

Moncef a gardé le carnet rouge qui a pour titre *Le carnet de la honte*. On y reconnaît l'écriture appliquée de notre père. Des noms et des chiffres, avec la date et parfois le motif. Ainsi : Mohamed Ferraj = 900 Dh ;

Pâtisserie. Ahmed Leghzal = 1 700 Dh ; Garage. Fellouss = 3 000 Dh ; Maison. Hamidou = 2 700 Dh ; Route. Rajjal = 800 Dh ; Certificat. Ammou = 4 000 Dh ; Villa. Rahhoul = 2 000 Dh ; Salon coiffure. Meteoui = 2 300 Dh ; Café, etc.

La honte ! Oui, il n'en parlait jamais, mais au fond de lui-même, il portait cette tache noire dans sa conscience, dans sa vie. Il le répétait souvent, il aurait voulu être le grain de sable qui enraye la machine de la corruption, mais la vie est dure et la morale tombe en morceaux dans, comme on dit, le plus beau pays du monde.

À présent l'appartement face à la mer est vide. Par terre, des journaux, un pot de chambre, des pantoufles sales, des fourmis autour de quelques miettes de pain. Une femme de ménage doit venir pour le rendre aussi propre que possible.

Un livre de cuisine chinoise est posé sur un carton plein de bouquins. Par curiosité, je l'ouvre et là, je trouve un vieux journal jauni, plié en quatre. Ah, *Le Journal de Tanger* ! Un hebdo local fondé par des Français à l'époque du statut international de la ville.

Assis par terre, le dos contre le mur, je lis ce titre en première page : « L'éditeur de poésie Mokhtar B. Oualid tire sa révérence à 73 ans ». Suit un reportage sur ses funérailles qui ont « rassemblé une centaine de ses amis et proches ».

Il a eu une mort douce, dans son sommeil, douce comme fut sa longue vie entièrement consacrée à la poésie et à la découverte de jeunes talents. Le défunt était connu pour sa générosité et sa simplicité. Il vivait modestement depuis la disparition de sa femme, qui était bien plus jeune que lui et qui avait fait une chute mortelle dans leur maison de campagne. Étaient présents à ses funérailles un représentant du wali, le préfet de police, deux magistrats connus pour avoir été parmi ses meilleurs amis, des lycéens et quelques enseignants. Il y avait aussi ses voisins qui ne tarissaient pas d'éloges sur lui, l'imprimeur et ses employés, et deux photographes qui faisaient le portrait des poètes qu'il publiait. Il y avait aussi des anonymes, un barbu, djellaba blanche, égrenant un chapelet entre les doigts. Des lecteurs du Coran ont passé plus de deux heures à psalmodier des versets du Livre Saint. Avant la levée du corps, un jeune homme a lu un de ses derniers poèmes, inspiré d'Abou Nuwas et de Nizar Qabbani, un mélange entre l'ancien et le contemporain qui a ému aux larmes l'assistance. Il y célébrait la beauté de la jeunesse, sa fragilité et son besoin de liberté. Avant la prière sur les morts, un imam a fait un discours bref, persuadé que « les portes du paradis lui seront largement ouvertes ! ». « Un homme d'une rare bonté, un croyant discret et fidèle à la foi qui le ramène aujourd'hui à Dieu, le Tout-Puissant ! Nous sommes à Dieu, et à lui nous retournons ! Que Sa Grande Miséricorde le couvre et lui assure la paix dont il a toujours rêvé. »

Deux motos de la gendarmerie nationale ouvraient la route

à un cortège important. L'enterrement a eu lieu au cimetière des Moujahidines. Des étudiants ont lu des pages du Coran au moment où les fossoyeurs se pressaient de remplir la tombe de la terre. Un autre enterrement les attendait à l'entrée du cimetière.

Ainsi, ce militant de la culture, cet amoureux de la poésie, cet homme élégant et humble, a eu de belles funérailles. Les personnes qui accompagnaient le défunt se congratulaient en se disant « nos condoléances sont communes ». Beaucoup d'émotion, ce matin, dans ce cimetière où il venait tous les vendredis se recueillir sur la tombe de sa pauvre épouse, partie à la fleur de l'âge.

La rédaction de notre journal présente ses condoléances sincères et émues à sa famille et à tous ses amis. Nous sommes à Dieu, et à Dieu nous retournons.

Je suis resté un long moment ébahi, silencieux, incapable de prononcer un mot.

Nous sommes allés avec Viad dans la maison de mes parents. Les tapis sont pourris, bouffés par les mites, les matelas sont dans un très mauvais état. Le tout témoigne d'une immense et lente dégradation d'une famille frappée tôt par le malheur. Il n'y a rien à sauver. Peut-être quelques photos d'un temps lointain où, jeunes mariés, nos parents souriaient à la vie. J'ai l'impression que ce temps-là est irréel, qu'il n'a jamais existé. Avec Moncef, nous avons chargé Viad de vider la maison et de faire l'intermédiaire avec l'agent immobilier qui doit la vendre. Nous ne voulions pas qu'il se retrouve sans rien, sans travail. Il s'est occupé de notre père jusqu'au bout et nous ne l'oublierons pas.

49

VIAD

Je dors dans la vieille maison. Je dors mal. Elle est hantée par tant de drames et de malheur. Adam m'a chargé de la vider et d'organiser les visites avec l'agent immobilier. Je peux en attendant y vivre. Je fais le gardien. J'ai acheté un sifflet et un gourdin. Comme c'est l'été, je me suis arrangé pour dormir dans le bout du jardin qui entoure la maison. Un émigré venant de Bruxelles a fait une offre. Elle n'est pas mirobolante, mais il vaut mieux la vendre avant l'hiver. Adam et Moncef ont accepté l'offre.

J'ai appelé ma fiancée ; elle travaille dans un cabinet d'avocats. Elle m'a invité à manger le couscous chez ses parents ce vendredi. Je mettrai une djellaba blanche et apporterai des fruits exotiques à sa mère.

Après le déjeuner, je l'emmènerai voir la mer. J'espère que les parents ne diront rien. Sa mère m'a dit qu'au hammam, des femmes lui font des insinuations désagréables. La masseuse est la plus méchante.

Pourtant elle est noire. C'est curieux. J'ai beau y avoir réfléchi toute ma vie, je ne comprendrai jamais les racistes.

J'ai trouvé un travail qui commence en septembre. Encore une histoire de maison. C'est un couple d'Anglais qui me demandent de m'occuper de leur maison à la Vieille Montagne pendant qu'ils ne sont pas là. Je dois arroser les plantes, passer la tondeuse dans le jardin, chasser la poussière, mettre le chauffage en marche l'hiver, avant qu'ils n'arrivent, donner à manger au chien et le faire sortir une fois par jour.

J'aurai une grande chambre avec une salle de bains. Je l'ai visitée avec ma fiancée. Elle l'aime aussi mais espère un jour avoir sa maison. Je lui ai dit : « Ça viendra. » Elle est compréhensive.

Et puis la maison a été vendue. Adam m'a donné rendez-vous au Café de Paris, en face du consulat de France. Il m'a tendu une enveloppe en me disant : « C'est ta commission ; tu la mérites. » J'ai hésité, puis je l'ai prise. À présent je peux envisager d'organiser mon mariage.

Au moment de partir, un type s'est penché sur moi et m'a dit à l'oreille :

— Ce soir, minuit, devant le phare du cap Spartel. Le temps est idéal pour la traversée ; cinq mille euros.

Je l'ai regardé et j'ai reconnu un gars qui travaille pour un passeur, un sale type. Je lui ai dit :

— Tu te trompes de mec !

L'INSOMNIE, 2019 (Folio n° 6867)

DOULEUR ET LUMIÈRE DU MONDE, 2019

Dans la collection « Écoutez lire »

LE MARIAGE DE PLAISIR, 2017

L'INSOMNIE, 2019

Dans la collection « Albums junior »

LA PHILO EXPLIQUÉE AUX ENFANTS, 2020

Aux Éditions Denoël

HARROUDA, 1973 (Folio n° 1981) avec des illustrations de Baudoin, Bibliothèque Futuropolis, 1991

LA RÉCLUSION SOLITAIRE, 1976 (Folio n° 5923)

Aux Éditions du Seuil

LA PLUS HAUTE DES SOLITUDES, 1977 (Points-Seuil)

MOHA LE FOU, MOHA LE SAGE, 1978 (Points-Seuil). Prix des Bibliothécaires de France, Prix Radio-Monte-Carlo, 1979

LA PRIÈRE DE L'ABSENT, 1981 (Points-Seuil)

L'ÉCRIVAIN PUBLIC, 1983 (Points-Seuil)

HOSPITALITÉ FRANÇAISE, 1984, nouvelle édition 1997 (Points-Seuil)

L'ENFANT DE SABLE, 1985 (Points-Seuil)

LA NUIT SACRÉE, 1987 (Points-Seuil). Prix Goncourt

JOUR DE SILENCE À TANGER, 1990 (Points-Seuil)

LES YEUX BAISSÉS, 1991 (Points-Seuil)

LA REMONTÉE DES CENDRES suivi de NON IDENTIFIÉS, édition bilingue, version arabe de Kadhim Jihad, 1991 (Points-Seuil)

L'ANGE AVEUGLE, 1992 (Points-Seuil)

L'HOMME ROMPU, 1994 (Points-Seuil)

ÉLOGE DE L'AMITIÉ, Arléa, 1994 ; réédition sous le titre ÉLOGE DE L'AMITIÉ, OMBRES DE LA TRAHISON (Points-Seuil)

POÉSIE COMPLÈTE, 1995

LE PREMIER AMOUR EST TOUJOURS LE DERNIER, 1995 (Points-Seuil)

LA NUIT DE L'ERREUR, 1997 (Points-Seuil)

LE RACISME EXPLIQUÉ À MA FILLE, 1998; nouvelle édition 2009 et 2018

L'AUBERGE DES PAUVRES, 1999 (Points-Seuil)

CETTE AVEUGLANTE ABSENCE DE LUMIÈRE, 2001 (Points-Seuil). Prix Impac 2004

L'ISLAM EXPLIQUÉ AUX ENFANTS, 2002

AMOURS SORCIÈRES, 2003 (Points-Seuil)

LE DERNIER AMI, 2004 (Points-Seuil)

LES PIERRES DU TEMPS ET AUTRES POÈMES, 2007 (Points-Seuil)

Chez d'autres éditeurs

LES AMANDIERS SONT MORTS DE LEURS BLESSURES, Maspero, 1976 (Points-Seuil). Prix de l'Amitié franco-arabe, 1976

LA MÉMOIRE FUTURE, Anthologie de la nouvelle poésie du Maroc, Maspero, 1976

À L'INSU DU SOUVENIR, Maspero, 1980

LA FIANCÉE DE L'EAU suivi de ENTRETIENS AVEC M. SAÏD HAMMADI, OUVRIER ALGÉRIEN, Actes Sud, 1984

ALBERTO GIACOMETTI, Flohic, 1991

LA SOUDURE FRATERNELLE, Arléa, 1994

LES RAISINS DE LA GALÈRE, Fayard, 1996 (Folio n° 5824)

LABYRINTHE DES SENTIMENTS, Stock, 1999 (Points-Seuil)

Composition : IGS-CP à L'Isle-d'Espagnac (16)
Achevé d'imprimer
par CPI Firmin-Didot
à Mesnil-sur-l'Estrée, en décembre 2020
Dépôt légal : décembre 2020
Numéro d'imprimeur : 161344

ISBN : 978-2-07-292886-4/Imprimé en France

375881